葛飾情緒マップ

亀有駅
北口交番
亀有公園
JR常磐線
綾瀬
亀有
両津勘吉像
堀切菖蒲園
お花茶屋
亀有銀座商
ゆうろー
葛飾警察署
水戸街道
立石
四ツ木
立石駅
商店
平和橋通り
荒川
JR総武線

ジョークだらけの痛快不良警察官

しぶい はるお
監修・構成 柳 けんじ

三光出版社

小学一年生（前列左端）

大学生の頃

高校生の頃

警察学校入校式

警察学校卒業研修

亀有銀座商店街

亀有駅北口

あとがき

いかがでしたか。「不良」とは程遠い堅い堅い家で生まれ人の道という川から一度もあぶれた事が無く人生を歩んできた、我が友、渋井治雄さん（著者）の、時々ちょっと笑えるけど、ほとんど面白くない半生記は？

あとがきの中で、この「痛快不良警察官」を購入して下さった、貴方様に心から感謝申し上げます。

その上、最後まで本を読んで頂いたのでは、監修構成を任された者としては、申し訳が立たないので、何よりも先に「あとがき」と致しました。

著者は十数年前に、私を車の助手席に乗せ「ひさまつ署迄なら送りますよ、私は元警察官ですから運転は得意です」と言って江東区側から清洲橋を渡り、清洲橋通りを明治座あたりまで一方通行を逆行して、私を破滅させようとしたことがあります。

おそらく著者は本書に記した事の他に、爆笑を誘うエピソードを沢山持ち合わせているはずです。私と二人で行った焼き鳥屋で、著者は、飲めないビールを前に置き「柳ちゃん、この本は映画化まで頑張ろうよ！」と言っていました。

　脚本担当の方のお力で、面白おかしく、涙する作品としてスクリーンで、貴方と会う事を約束して、あとがきを締めくくります。

　ありがとうございました。

監修・構成　　柳　けんじ

おことわり＝「あとがき」が「まえがき」より先ですが、これは製本ミスではありません。

目次

第一章　不良警察官の原点

不良警察官の原点

不良とは、一言でいえば出来が悪いことである。不良品は質が悪く、とても人様には勧めることはできない。

しかし、人と品物とを同列に論じてはいけない。不良と定義するのは人であり、人が不良と言われる中にも、本物が存在することを見落としてはならない。

世の中に迎合しない反骨精神の痛快さを、不良と言うなら、私はあえて不良を否定しない。

警察ばかりでなく、どんな組織にも勤務評定と言うものがある。その人の仕事ぶりや人物を評価する意味で、警察も毎年、勤務評定が行われる。警察は階級社会であるので、人事権が強くなければ、組織としては立ち行かなくなる。警察官個人にとっても勤務評定は大事なもので、警察人生をも左右する。この生殺与奪権は常に其々の上司が握っているのであり、警察のトップの方でも、人事権は、別のどなたかが持っておられる。

しかし、自分の評定が、どれ位の段階にあるのかは、本人達は皆知らない。これも警察組織の凄いところである。だから、組織に生きている人間は、誰しもが上司の顔色を見ながら自分を殺して生きている。処世術としては大切なことで、これを怠ってしまうと、組織にいてもうだつが上がらなくなり家族にも迷惑が及ぶことになる。それは、評定が勤務所属や昇任試験、そして昇給や各種表彰、講習派遣等の判断基準に影響してくるからである。ところが、この評定で優良警察官と評価するのも、上司である人なのだ。確かに、上司が優良警察官として評価することに、判断ミスは少ないが、しかし、この優良警察官の目線は、ついつい自己の保身に走りがちで、本来の国民目線であるべき全体の奉仕者としての使命感を忘れがちになる。どんな世界でも人は、地位や名誉や金を欲しがるもので、別にこれは悪いことではないが、全員がこれでは、やはり世の中のバランスが悪くなる。警察官も同様で、評定には割合があるわけで、全員が優良警察官では困る。やはり不良警察官がいなければ、優良警察官も存在しない。

そこで、よく考えてみたら、私は優良警察官には向かないことに気がついた。どうも優良警察官と言うのは、肩が張って息苦しい。それよりも、一生、平の巡査でもいいから、自由で好きなことが言える不良警察官の方が、私にはピッタリであることに気がついた。

これは、警察署勤務となって最初に思ったことである。

この素朴な思いが、警察官としてのスタートではあったが、実は私には、不良警察官の原点である記憶が存在していた。


私が生まれたのは昭和二十四年で、まだ食糧事情の悪い頃である。

私は、親譲りでない無鉄砲で子供の時から損ばかりしていた。

中学生の時、そんなに人間の評価が試験の点数で決まるものではないと言うなら零点を取ってみろと同級生に言われ、国語の科目で出鱈目の答案を書いて出したら本当に零点だった時は嬉しかった。

もちろん、先生には目から火が出るほど怒られたが、それも一種の快感であった。

とにかく自分でも自分は変だと思うことが、しばしばあるので末っ子であった私は、還暦間近であった母親に、そんな話をすると、母親は、治雄は、真っ直でいい性格ですといつも褒めてくれた。何がいいのだか未だにわからない。

だから、学校の成績は、いつもロクなものではなかった。小学校も中学校も唯、卒業したと言うだけで何の思い出もない。小学生の時の通信簿に、明るく素直で元気ですが、時として、授業中、授業とまったく関係のないことを大声で叫ぶことがあります。と書かれたことがあった。兄に通信簿を見られ、精神異常者だと言われ、自分では、そんな記憶もなかったので、その日は早く寝てしまった。書いた先生も先生だと思った。

中学校の教室は、自宅の二階から、よく見えるほど近かった。近いので通学は楽だったが、ある日、学校の正門に着いたら、学校が静だった。今日は日曜日なのかと、自分でも疑心暗鬼になったが、とりあえず閉まっていた正門を乗り越えて教室に向かうと授業中だった。何のことはない、八時半だと思っていたのが、九時半だった、それだけのことであった。弁解の余地はなかった。

その日は、午前中廊下に立たされてしまった。つまらない思いを又、してしまったと後悔したが、別に反省はしなかった。

中学二年の時には、三年生の週番に、名札のことで指摘を受け職員室で、ひどく先生に注意を受けたことがあった。当時の名札は布製で、ホックをはずすと裏側と中の両面で自分の名前の他に、三名書けるスペースがあった。私は、悪戯心で、裏側に国定忠治と中側に、昭和三十六年に「おひまなら来てね」がヒットして、人気のあった、五月みどりさんの名前を書いていた。運悪く、その日は、国定忠治の名を出したままだった。国定忠治は、母方の祖父が尊敬していた人物で、次男、つまり叔父さんに忠治の名前をつけていた。叔父さんは、この名が子供の頃、嫌だったようで、大人になってから、忠二と改名していた。こんな些細なことでも、つかまってしまったのは事実だった。でも先生は、国定忠治と五月みどりの組み合わせには不思議そうな顔をしていた。

中学の三年間、何もしないのも何かと思い、卒業謝恩会の体育館で、春日井梅鶯先生の「高田馬場駆けつけ」を唸ったところ拍手喝采を浴びたことがあった。一度でも皆さんに喜んでもらって良かったと思った。両親が高齢だったせいか、浪曲も戦時歌謡も、たくさん覚えていたので、同級生達とは、むしろ話が合わなかった。父兄会で両親がくると、同級生から「お爺さん来たよ、お婆さん来たよ」と言われ、不愉快に感じたことが度々あった。

子供心に、どうして僕の両親は年を取っているのだろうと不思議に思ったこともあった。

そんな月日を過ごしているうちに、昭和三十九年四月、昔は墨田区本所にあった、葛飾区の修徳高校に進学した。この頃では、もう中学で就職する子供はおらず、同級生全員が高校に進学していた。

別に何になりたいと言う希望もなく進学したが、せっかく高校に入ったのだから何かしようと思い柔道部に入部した。テレビで「姿三四郎」を毎週見ていたので、これも何かの縁と思い入部しただけの話であった。しかし元々、柔道の素質もなかったので一向に強くはなれず、毎日投げられてばかりいてお陰で受け身だけは上達した。柔道の先生は田淵先生と言う明治大学出身の先生だったが、何かと言えば「かつて私が九州にいたころ・・」が口癖であった。私は、田淵先生に弁当箱と言うあだ名をつけ自分の心の中で、そう先生を呼んでいた。あだ名の理由は、何かと言うと「〇〇で、あるまいと」と言うからであった。弁当箱はアルマイトで出来ていると思い、それで弁当箱にして頂いたわけである。

一年生の入部した秋に東京オリンピックが開かれた。柔道部だったので武道館の遠い席から神永選手とヘーシンクの試合を見せてもらった。残念ながら神永選手は負けてしまったが、日本柔道が初めて敗れた試合を見て世界には強い選手もいることが、よくわかった。

そんな柔道部での生活を過ごしていると、二年生になった時、教頭先生から新しくクラブができたので、そちらの方へ入るように言われた。自分でも柔道をやっていても見込みがないことがよくわかっていたので、喜んで新しいクラブに入れてもらった。顔ぶれを見ると、優秀な生徒ばかりだったので、何で自分に声がかかったのかよくわからなかった。クラブの名前は、インターアクトクラブと言う名称で、発会式には地元のロータリークラブの大人の皆さんも参列されていた。クラブの説明を受けると、高校生による奉仕活動であると言うことがわかり、それから卒業までの二年間、募金活動を行ったり清掃活動を行ったり、ラッシュ時の駅員さんの手伝いなどもやらせてもらった。元来が素直な性格であるので、どんなことも苦にはならなかった。石川君、菅原君、久保君、皆優秀な生徒だった。当時は成績順にクラスが分かれており、三人は、H組の進学クラスで、一緒だったが、私は隣のI組だった。そして三年生になった春、生徒会々長を決める季節になっていた。当然H組の三人の中の石川君と菅原君が生徒会長候補として名前が出てきた。

その時、何の感慨もなかったが、他のクラスの先生方が、私に立候補するよう勧めてきた。柔道部に一年間だけ籍を置いていた関係もあって、野球、水泳、柔道等の体育クラスのG組を中心に、私は結構人気があった。おだてに弱いのが欠点で、何も考えずに立候補補することを直に決めてしまった。これも親譲りでない無鉄砲が原因である。ベビーブームの子供だったので、三年生のクラスだけで十一クラスあり、全校生徒の千五百票余りを石川君、菅原君、そして、私の三人で争うことになった。これは後でわかったことだが、先生方の間でも、いろいろと当時は確執があったようで、H組の担任の先生が、生徒会長は当然、一番優秀なクラスから出すものだと、校長や教頭と相談して決めてかかっていたことが、他の三年担当の先生方の反発を招き、おだてに弱い私に白羽の矢が立ったことがわかった。得票数は昔の話なので忘れてしまったが、三人の中で一番が私で、二番が石川君、三番が菅原君だった。当然、勝ったと思ったが何人かの先生から、過半数を取っていないので、石川君と二人で決選投票すべきだとの話になり、その結果、私は石川君に負けてしまった。また逆転負けである。とにかく子供の頃から、いい思いをした記憶がまったくないのである。勿論、石川君や菅原君とは、同じクラブで仲良しであったので、石川君の勝利に喜んで拍手を送らせてもらった。生徒会長は石川君で決まり、私と菅原君が副会長となり、久保君は書記長に選出された。でも、それから数日経って、G組の皆から、二回目の投票用紙は回って来なかったと言われ、どうやら私の支持者の多いクラスには用紙を配らなかったことが、わかった。しかし、子供のころから負けることに慣れていたので、それはまさに覆水盆に返らずのサバサバしたいつもと同じ心境であった。高校時代の思い出は、こんなものである。卒業旅行は二年生の時に十三泊十四日で九州全域と四国に行ったが、こんな長い旅行は、後にも先にもこれ一回である。死ぬまでには、もう一度、九州全域を回ってみたいと思っている。

次は大学での記憶である。大分、昔の話なので、今の国士舘大学とは全く違うはずである。I組でも進学する生徒が大半であったので、大学に行くことにした。どこでも良いと思ったが、実は子供の頃から憧れていた大学があった。以前、学校案内のパンフレットで、当時、聖寿万歳をされている大学が、国士舘大学であると聞いていたので、その国士舘大学に行くことにした。とにかく天皇陛下は、しっかりお守りしなければならないと思っていたので自分の性格にはピッタリであると思い、迷うことなく、昭和四十二年四月、国士舘大学に入学した。入学式の日に、聖寿万歳が、直に行われたので大変感激してしまった。担任の先生方も、「元、陸海軍出身者の方がほとんどで、私も大東亜戦史に詳しかったので、先生方には大変可愛がって頂いた。総長先生は凄い方で、以前、ある大手新聞社が「民主化の遅れた国士舘」と大学の批判記事を書いたことが発端で、総長先生が激怒され、その新聞社を潰すと言いだされ、新聞社を取り巻いての一万人学生による大集会を開き、翌日新聞社の社長が謝罪にこられたそうである。とにかく、当時の国士舘には、文部省もマスコミも、一歩も入れない雰囲気があった。普通は、五月三日は憲法記念日、祝日だったが、大学では五月三日は憲法改正の日であり、祝日ではなかった。本当にこの大学は、素晴らしいとつくづく感心した。一般教養の憲法の講義も憲法改正を巡る内容が、そのすべてで、答案用紙には憲法改正が正しいと書かなければ当然良い点数はもらえなかった。国際法の試験問題でもユニークなものがあった。昭和十一年当時の関東軍参謀長を記せと言うのがあり学生の大半はわからなかったようであったが、私は、板垣征四郎と正解が書けた。今の時代では、もうこのような問題は出ないと思うが、とにかく楽しい講義ばかりだった。

一般教養の生物の先生も、面白かった。その先生が言うのには、本当かどうかはわからなかったが、給料が安いので試験が出来ても出来なくても、学生の半数の皆さんには再試験を受けてもらうと言うことで、私も当然に再試験を受けた。再試験料は五百円であったが、先生の生活の足しにして頂けたらと思ったので喜んで再試験を受けさせてもらった。困ることはお互い様である。東大の教授も務められた経済学の竹内先生も破天荒な講義をされた。世の中で一番偉いのは金持ちで、卒業して金持ちになったら俺に会いに来いと言う。金持ちにならなかった学生は、この四年間で、サヨナラで、二度と俺の前に姿を見せるなとのことだった。大変に、分り易い話だったので面白かった。試験の採点方法も教えてくれた。先生は自宅の二階の部屋で採点をされるそうで、エアコンが嫌いで夏は扇風機だそうである。答案用紙を積んで扇風機を強くすると、その風の勢いで答案用紙が階段の下まで飛んで落ちると言う。階段の下には女中さんがいて、一番遠くに飛んだのが九十点だと言う。聞いていて面白かったので、思わず大声で笑ったら、その先生に、お前、でかい声で笑うなと怒られてしまった。面白い話を聞いて、笑って怒られたのも初めてだったので、何だか変な気がした。

当時の国士舘は男の大学で、女子学生は短大国文科には数多く見受けられたが、政経学部では女子学生は数人しかいなかった。男子学生全員が蛇腹の制服で皆、強そうに見えたから不思議である。とにかく三軒茶屋と渋谷の街は国士舘の学生が制していた。蛇腹の長ランの学制服を着ている友人数人と、一緒に歩いている私が怖いと思うのだから、他の学校の学生が怖いと思うのも当然である。長ランは、応援団や空手部等が激しい動きをする場合、上着の裾が乱れ、下の衣類が見えるのを防ぐために着用されたもので、それなりの意味があって、主に体育系の学生が好んで着用していた。

高校の番長は所帯持ちの二十八歳で、大学一年生の私より十歳も年上なのだからどうにもならない。

応援団の団室にも入ったことがあったが、尾崎士郎先生の小説『人生劇場』に出てくる「小金一家」との名入りの提灯がズラリと並んでいたのには驚いた。

そして、授業中に剣道部の学生と思われる学生数名が、それぞれに日本刀や脇差の刃体に油を塗っている姿を見た時にも、随分と頼もしい学生が居るなと思った。

当時、大学では、国心会と言う学生組織があり、学生が自発的に学内の風紀維持に当たっていた。国士舘に似つかわしくない長髪の学生等を見つけると、国心会の学生がバリカンを持って髪を短くするように指導していた。会長も中々の人物で、学生ながら下北沢で、バーを経営しているとの話であった。

私は言道部（弁論部）に所属しており、昭和四十一年に三派全学連に対抗するべく、早稲田大学と立ち上げた日本学生同盟には、言道部が、国士舘側の中心的な役割を担っていた。

全国で学園紛争の無いのは、国士舘大学だけで、他大学の愛国陣営側の学生から、いつも学園紛争の応援要請があった。昭和四十三年夏の日大闘争では、日大正常化委員会の、助っ人として、秋田明大議長側の学生の皆さんと、日大経済学部三号館で戦わせて頂いた。今だから話すが、あの時は、日本大学経済学部経済学科二年、渋井治雄と書かれている学生証を日大職員の方から渡されたのには正直驚いた。日大も、ここまで追い込まれているのかと思うと、真面目に日大を守らなければと思ったものだった。

日大三号館前にある喫茶店「白十字」も懐かしい。ここで、日大側の硬派の皆さんと、よく天下国家を語ったものだった。これが、私の学生運動での記憶である。

その後、玉澤徳一郎先生と矢野　潤氏で結成した早稲田側の日本学生同盟が分裂してしまった。当時の私には、その分裂の理由を知る由もなく、国士舘側の日本学生同盟は、玉澤先生が指導される自由主義研究会と行動を共にした。

それから二十六年、若くして矢野潤氏が亡くなり、分裂の真相が風の噂で流れてきた。噂によると、矢野氏は当時、クーデター論議を始めるようになり、それが原因で分裂となったとの噂であった。しかし真実は、私にはわからない。

国士舘大学から渋谷に出るには玉川線、新宿に出るには小田急線であったが、玉川線は国士舘の学生が、駅の途中で電車を停め乗車したとの伝説が残っていた。

小田急線での思い出としては、梅ヶ丘から新宿までの区間ではあったが、先輩らしき学生が後輩学生に、電車の中で、国士舘学徒吟を歌えと命ずると、その後輩学生が歌い始めた。

七寸有余の朴歯の下駄に、六尺豊かな身を乗せて
肩で切り行く小夜嵐、高低緩急縷々として

意気を吐露する朗吟は、巌かむ浪か獅子吠えか
乾坤為に震駭し、寒月為に激すらん

嗚呼満天下の同胞よ、憂うる勿れ、世の腐敗
意を安んぜよ、身の不如意、吾人が眼黒からば　吾人が眼黒からば

声量もあり朗々とした学徒吟であった。しかしその学生は歌い終わると、何をするかと思って見ていたら、脱帽すると、乗客の皆さんに、その帽子の中にカンパを募り始めた。ところが乗客の中には奇特な人がいるもので、カンパに応じる人も居たのである。今のご時世ではとても考えられない出来事である。

二年生が終わると次は三年生になる。ゼミを選択することになったので、お世話になっていた、言道部の三浦先生に相談すると、藤井ゼミがいいとおっしゃるので、そのゼミに入れて頂いた。藤井ゼミは池田君等と一緒で五人だった。藤井先生は、当時すでに八十歳になられていた。先生は最初から面白かった。大学院を開きたいからと、総長先生に泣きつかれたから仕方なく来たのだとおっしゃる。とにかく給料などと言うものではない、と言われていたのを覚えている。交通費もボーナスも出ないから、学校に来ない方が、損しない、と笑っておられた。自宅は静岡県の伊東にあり、そこから新幹線で東京駅まで来る。年を取っているので、東京駅から往復タクシーを使う。毎日、こんなに交通費が、かかるから、来ると損をしてしまう。だから来たくはないし、講義だなんて、する気にもなれない。もっともな、お話である。それと、先生は若さが自慢で、髪の毛は染めていないと、おっしゃる。あそこの毛も、黒くて、それが又、自慢で、よく病院に行っては、看護婦さんに、陰毛を見せるのが楽しみでな、よく言われていた。「真っ黒毛の毛」の歌が大好きで、ゼミでも、よく歌っておられた。そんな、面白い話ばかりであった。

ゼミが始まって三か月が経つのに、講義らしい講義がないので、先生、講義は、いつ頃から始まるのですかと、私が、尋ねると、先生は驚いた様子で、君ら私の本は買っていないのかねと逆に問い質された。ええ、先生の本は三冊、買わせて頂きましたと答えると、字は読めるのだろう、その本に全部書いてあるから、それでお仕舞いであった。そして、点数のことは心配するな、希望の点数は後で聞くからとおっしゃる。一瞬、本当かなと耳を疑った。

それから、先生に試験の前に何点欲しいのだ、と聞かれたことがあったので、それでは九十点と答えたところ、そんなに欲を出してはダメだ、八十点で優、なんだからと、たしなめられてしまった。

先生は、ゼミの他に、政治制度論と言う必修科目を担当されていた。ところが、私の親友であった中山君が、この必修科目を落としてしまったのである。中山君はすでに、丸の内の電気関連の会社に内定が決まっていた。必修科目を落としては卒業が出来ない。そこで中山君を藤井先生のところへ連れて行った。勿論中山君は藤井ゼミではない。

先生、一緒に藤井ゼミでお世話になっている中山なんですが、実は先生の政治制度論の単位を落としてしまって困っているのです。何とかならないものでしょうかと私は、先生にお願いをした。すると、先生は、当然ながら、君は俺のゼミか、見たことないな。と首を傾けられた。いえ、藤井ゼミです。いつも一緒に来ていたではないですかと、いい加減な説明で逃げ切れまいかと考えていた自分が、そこにあった。ところが、信じられない話ではあるが、幸いにも先生は、二年間担当した、五人の学生の名前と顔を覚えていなかったのである。中山次郎ですと、彼が氏名を告げると、先生は政治制度論の採点表を取り出し、中山君の名前を眼で追った。そして、中山、お前、出来てないな、五十五点だぞ、赤点だ。ところで就職は決まったのかと、先生は中山君に尋ねた。中山君は、ええ、丸の内の会社にと先生に答えた。そうか、俺のゼミか、俺のゼミで卒業出来ないのではなぁ、よし、七十点にしておこう。これなら卒業だと、先生の懐の深さにも舌を巻いてしまった。この時の、中山君の嬉しそうな顔が今でも鮮明に思い出される。

季節は新緑の五月を迎えていたある日、藤井先生に、今度、先生のお宅に遊びに行きたいのですがと、冗談半分のつもりで言うと、どうやら本気にされたようで、今度の日曜日に来いと言う。私は、予想外の先生の返答に戸惑ったが、先生、どのように行ったらいいのですかと、お聞きすると、君は東京駅がわかるかと言われる。ええ、と答えると、東京駅には電車が走っている。その電車に乗って伊東と言う駅で降りると、駅には改札口と言うものがあって、そこには大体、駅員がいる。その駅員に、藤井城はどちらですかと聞くと、あの、お城がそうですと教えてくれる。山岸園ホテルの上だから、すぐわかるよ。と教えて頂いた。自宅のお風呂は、温泉そのもので、先生の一番の楽しみは、その温泉に入り、ビールを飲みながらのプロレス観戦であった。そう言えば、金曜日のゼミは、いつも時間前には終了で、金曜日だと気づかれると、さぁ早く帰らないと、馬場の十六文は効くからなぁと、よく独り言を言っておられた。

日曜日、同級生と二人で伊東に向かった。車窓から眺める相模湾の新緑は本当に鮮やかだった。先生のお宅は確かに、山岸園ホテルの上にあった。奥様は、すでに亡くなられておられ、奥様の形見の品々が、お部屋に奇麗に並べられていた。先生に温泉に入るように勧めたので、露天風呂に入れさせてもらった。眼下には、初島が青い海原にキラキラと輝いていた。不謹慎だと思ったが、こんな美しいところで、人生を終わらせることが出来る、先生が羨ましいと、この時思った。教育者として、誰にもとらわれず、自然な姿で本音で学生と接することのできる格調の見事さには、唯々脱帽であった。試験の点数も学生の希望の点数を、ご自身で判断され評価される、その情愛の深さには、人としての点数も十分に含まれていた。とかく金品が飛び交う噂の、現在の教育界とは比較にならないほどの先生方の尊厳が、そこにあったのが、この大学だった。お陰で私もしっかりと、男を磨かせてもらった。

第二章　不良警察官パトロール

その一

不良警察官パトロール　その一

父が、お巡りさんだったので、大学を卒業した私も、お巡りさんになった。お巡りさんの試験の他に、ためしに会社の試験を一度だけ受けたことがあった。

その会社に興味があったわけでもなかったが、就職担当の先生に何気なく会社案内を渡されたからであった。面接官が三人いて、その中の一人が、お父さんは何をしていますかと聞くので、お父さんは、三年前に脳梗塞で倒れて、家で寝ていたので、思わず老衰をしていますと答えるとその面接官は、水道関係の、お仕事ですねと聞きなおしてきた。ああ、この人は、老衰を漏水と勘違いしているなと気がついたが、今更そうではありませんと答えるのも面倒だったので、ええと答えた。勿論、その会社は不合格であったが、たいして行きたくもない会社だったので、不合格で良かったと思った。

警察学校卒業時、教官に呼ばれて、どこの警察署に行きたいのかと聞かれたので、消防署でなければ、どこでもいいですと答えたら教官に怒られてしまった。でも、地方から出てきた別の同期生は、希望を銀座警察と答えたらしく、そんな警察署があるか、それは私設警察だとこれ又、怒られたようであった。

昭和四十六年十月、秋の日差しの心地よい頃に、下町の本田《ほんでん》警察署に配置となった。数日間の教養を終えて、国道沿いにある四つ木派出所に配置となった。指導して頂いたのは、中々ユニークな山村班長さんだった。

四つ木派出所に配置早々、班長さんは私に、自分は元陸軍少年航空兵であると、おっしゃる。凄いですねと相槌を打つと、いや、受験で失敗したとのこと。しかし、受験に行かされるだけでも凄いじゃないですかとフォローすると、当時は誰でも受験は出来たと身もふたもない。そんなら、最初から話さなければよいのにと思ったが、戦時中の話が好きなので、私と直ぐに意気投合した。配置になって、最初の休日に班長さんから、自宅に遊びにくるように言われたが、その日に急な用件が出来てしまい、電話で班長さんに、都合が悪くなりまして伺えなくなりましたと電話で話すと、すっかり料理を準備してしまって、この料理どうすんだ、何とか来られないのかと哀願されてしまった。わかりましたと即答し数時間後、お宅にお邪魔した。どんな料理が準備されているのかと思い卓袱台の上を見ると確かに豪華なものが並んでいた。まず、コーラが一本置いてあり、それと苺のショートケーキが一つと、焼かれたスルメ数本が、お皿に乗っていた。すっかり準備された料理とは、このことかと思うとなんだか可笑しくなってしまい、笑い声を殺すことで息が止まりそうになった。遠慮せずに、どんどんやってくれと言われても、何をどんどん、やっていいのか、困ってしまった。それでも、御馳走になった事実は事実であったので、特別な話題も何もなかったが、どうも御馳走様でしたとお礼を言って班長さんの家を出た。この時、お腹がすいて足元がふらついたので、昼食を食べなかったのは誤りだったことに気がついていた。

新任巡査なので、三か月間位、この班長さんと一緒に仕事をさせて頂いた。とにかく楽しかったことばかりである。この班長さんは、「海老で鯛を釣る」が口癖で、とにかく如才ないのである。自慢ではないが、二十五年間、煙草は買ったことがないとのことで、では煙草は吸われないのですかと聞くと、いや、一日二箱は吸うと言われる。どう言うことですかと尋ねると、ファンが多くてなぁ、と謎めいたことを口走った。そうして、もうすぐわかるからと自転車を走らせるのである。すると、とある零細企業のプレス屋さんに着いた。班長さんは、いきなりドアを開けると、財閥居るとか、大社長居るとか声を出しながら、中に入って行った。私も、仕方ない気持ちが半分で、後から付いて行った。その会社の社長と思われる人は、煙草を吸いながらプレスの仕事をしていた。「いょ、財閥、今日は洋モク」と調子よく声をかけた。社長は、ニンマリ笑うと、先日は静岡のワサビ漬け、有難うございましたと、班長さんに礼を言われた。「海老で鯛を釣る」の海老は、このワサビ漬けのことだと初めてわかった。

そして、これは、班長さんから後から聞いたことではあったが、班長さんには独自の隠語があって、赤い煙草は、チェリーで、白い煙草が、セブンスター、青い煙草は、ハイライトなのだそうである。銘柄がわからない場合は、洋モク、と声をかければ、大体、吸っておられる方は悪い気はしないと言う。だから、最初の声掛けが「洋モク」なのだとわかった。

実に理にかなった話である。社長は、しばらくして白い煙草を二つ持ってくると、私にも一つ手渡そうとした。私は吸わないのでと、声が出そうになる瞬間、班長さんは、せっかくの、ご好意なのだから、貰わなければ失礼だよと言われる。そうですかと言いながら、有難く頂いて会社を後にした。班長さんは、自転車を一分位走らしたところで、私に声をかけてきた。「渋井は煙草を吸わないのだよな」と、そろそろそんな話が来るのではないかと待っていたら、やはり来たので、「待っていました」との心境で、「私は吸いませんから」と言いながら、その白い煙草を山村班長さんに差し出した。この時の班長さんの嬉しそうな顔が印象的であった。

そして、まだ派出所にエアコンが設置されていない初夏のころ、四係のチョビ髭を生やしている野中班長さんに、「渋井君、扇風機がないのだが知らないか」と尋ねられた。押入れになければ、私もわかりませんと答えると、確か、ここの押入れにあったのは覚えているのだがと、残念そうな表情を浮かべた。翌日、担当の山村班長さんに、その話をすると、「日本の夏も暑いからなぁ、内も扇風機がなくってなぁ」と、意味不明の話をされる。そして、「俺は昭和二十三年の拝命だが、俺が新任の時の班長は、交番のガラスを外して持って帰っていたからなぁ」と、物騒な昔話をされた。これ以上、聞くのもどうかと思い、私も話をそらしてしまった。

それから、三日後、四係の野中班長さんから、「扇風機があったよ」との連絡を受けたが、私も「それはきっと、確認違いだったのかも知れませんね」グレーゾーンの返答をしておいた。

この野中班長も、一度、憤懣やるかたなしとの感じで、私に話してくれたことがあった。何のことかと思い、話を聞くと、何でも前任の、署長、次長は、呆れるほど凄かったと言うのである。

普通、署長が凄いと次長は穏やかで、逆に次長が凄いと、署長は穏やかな人が着任されることが多いとの話であった。ところが、当時の署長と次長は、どちらも穏やかでなく、署員はすっかり痺れてしまったとのことであった。次長は通勤経路が毎日異なり、管内にある六か所の駅を利用していたそうで、ある当番明けの日に相勤者が、次長に始末書を取られたとのこと。野中班長に理由を聞くと、その相勤者が見張り勤務中に、帽子を少し阿弥陀に被っていたらしく、それを次長に指摘されたことが原因であったと班長が説明してくれた。そして、その続きがあって、「班長は誰だ」との話になり、野中班長が、休憩中に見張所に行くと「お前も、始末書だ」と言うことになったそうである。三十年以上勤務していて、休憩時間に休憩していて、始末書を取られたのは初めてだとの話であった。「ともかく、次長も電柱の陰に隠れて派出所内を見ているとは卑怯だ」と、その電柱方向を指差した。よっぽど悔しかったのか、私の顔には、唾が飛んできた。

一方、私の班長さんは、歌が好きでマイクを持つと離さなかった。二階の訓授場にはマイクがあり、そのマイクを使って、アカペラで人生劇場とか兄弟仁義を、よく歌われていた。しかし、その日はボリュームが少し高かった。歌が下の一階まで響いてしまい、課長が怒って飛んできた。そして、誰だ、昼間から歌なんか歌っているのはと、班長さんを睨むと、班長さんは、課長に、課長さん、そんなこと言ったって、マイクを遊ばしていたんでは、もったいないですよと弁明した。課長は、あきれたのか、直に一階に降りて行ってしまった。そして、ある日の夕方、係員会議があった。その日のテーマは健康管理と事故防止であった。課長が、健康上、一級酒より二級酒の方が身体にいいから、皆さんも二級酒を飲むようにとの話があった。すると、班長さんが、手を挙げて、課長さんは、そうはおっしゃいますが、一級酒は二級酒よりもコクがあるんですよと、答えられた時には、会場は爆笑の渦となっていた。

上司の巡査部長の人でも面白い人がたくさんいらした。そこで、柔道が強かった方と剣道が強かった方を公平に紹介させてもらう。柔道の強い田中部長は、刑事希望で、ある日、自分で勝手に、背広と靴を新調し、刑事課長の前で、本日、刑事課勤務を命ぜられましたと、申告したのである。驚いたのは刑事課長で、急にそんな話があるわけがないと思い、署長から、そう言われたのかと田中部長に問い質すと、田中部長は、その通りでありますと答えたのである。刑事課長は、直に署長に電話を入れると、署長は酒の席で冗談半分に、今後、どんな係が希望なのかと聞いたような覚えはあるが、正式に刑事課長の承諾もなく刑事課勤務を命じるわけがないとの返答であった。この一件以来、田中部長は、署の幹部から、呆れられてしまい芽が出なくなってしまったのである。そして、一年後、新署長が着任した。田中部長は、この時を待っていたかのように、新署長に自分の売り込みを始めたのである。夏の署課対抗柔剣道試合のある一か月前、田中部長は、新署長に、本田警察署で柔道の大将を務めております田中部長です。私の得意技は、自ら考案した田中投げですと自信ありげな話を署長に語り出したのである。柔剣道対抗試合で何とか成績を残したいと思う署長とすれば、身を乗り出して聞きたい話であった。それで、その田中投げと言うのは、どんな技なのかねと、田中部長に聞くと、田中部長は、姿三四郎の山嵐は、背負い投げと跳ね腰を合わせたような独自の大技ですが、私の考案した田中投げとは、わかりやすく言えば、ルーテーズのバックドロップだと思ってもらえば結構です。力道山は、この技を『かわず掛け』で凌ぎましたが、私の田中投げも力道山でない限り防ぐことはできません。ですから私は世界最強の男なのです」と。

署長も、この田中部長の世界最強話に目を細めると、そうか、頼りにしているからなと田中部長の手を握り締めた。

そして、署課対抗試合の日が来た。まず何が何でも一回戦は突破しなければならない。先鋒、次鋒と勝ったのだが、中堅、副将が敗れ、大将戦での決着の時を迎えてしまった。

いよいよ、田中投げの見せ場となったのである。

田中部長のいいところは、見た目が本当に強そうなのである。開始早々、やぁと言う田中部長の掛声が聞こえたので、田中部長が投げたと思った瞬間、その田中部長が畳の上に横たわっていたのである。世界最強の男が、僅か三秒での敗北であった。普通は、投げた方が掛声を出すのに、投げられた方が気合いを出すところなんか、流石に田中部長だと感心してしまった。この時、署長がどう思われたのか、おそらくは、世界最強と言うのは、どんな漢字を書くのか、聞きたかったに違いないと思った。

それでも、田中部長には微塵の暗さも見せないところが凄いところであり、そのたくましさは半端ではなかった。

その後、新小岩駅前での第二当番で、午後十一時以降のバー、スナックの時間外営業等のチェックに向かったところ、ある店に田中部長の姿があったので、今日は、ここで会合ですかと声を掛けると、渋井君この店は俺が重点的にチェックしているから大丈夫だ、ということであった。私は、時間外でのお勤め、ご苦労様ですと敬礼して店を出た。


そして、もう一人は剣道の大将の白山部長。この方は、田中部長とは異なり、独身だった。独身なので、洗濯を派出所でよくされていたのを覚えている。

一度、ワイシャツを洗ってしまった時に、緊急配備がかかってしまい、下着だけでネクタイを締め、上着を着ている姿が何とも可笑しかった。剣道は、めっぽう強く上段に構えての面打ちには目を見張るものがあった。その変わり、どう言うわけか、泊まりの日には自前の枕を持って、あちこちの派出所で寝ていた。自分の枕でなければ眠れないほど神経質には見えなかった。派出所ばかりを渡り歩き、署にはほとんど戻らないので、年中、係長から、白山部長は、そちらにいないかねとの問い合わせが続いた。白山部長は、こんな調子だったから、非番日はいつも爽やかな朝を迎えていた。昭和四十六、七年は、ボウリングの盛んなころで、非番日には青砥や立石のボウリング場に頻繁に出入りされていた。口癖が、「爽やか律子さん」で、当時全盛の中山律子さんのファンのようであった。その後、田中部長も白山部長も交通課に異動され、田中部長は、この頃、運転免許証を持っておらず、第三教養部の交通専科講習で、教官から交通係で免許を持っていないと困るだろうと聞かれた際、いえ、私は署長になりますので全然困りませんと答えられたようであった。そして、この時、私も、第三教養部の捜査講習を受けに来ており、田中部長と同じ建物にいた。夕方になると、帰りに、中野で一杯やって行こうと何度も声をかけられた。金はあるから心配しなくていいと、おっしゃる。理由を聞くと、交通専科で会計担当になったからだと言われる。冗談とも本気ともとれない話だったので、何だかんだと理由をつけて、田中部長の誘いには乗らなかった。

白山部長も、特に希望されていなかったようだが、白バイ勤務になっていた。剣道のように上手いかず、白バイ講習では脱輪、横転の連続であったようである。あれから大分、月日が経つが、お二人は元気でおられるのか、知りたいところである。

警察では、昇任試験と言うのがあって、私も初めて受けることになった。一次試験は択一式のショートアンサーである。常識問題が五問出たが、その中の二つが印象に残った。一つめが、日本で一番長い川はどれかを五つから選ぶのである。私は幸い信濃川だと知っていたので、信濃川に印をつけたが、隣に座っていた先輩は、試験が終ってから、正解は利根川だと言って譲らない。利根川は自分の田舎に流れている川で、自分は子供のころから利根川を見ているから、その長さは半端ではないと言うのである。どうやら他の四十九問には自信がないらしく、利根川が誤りとなると全問誤りの恐れがあるらしかった。私も気の毒になり、正解は利根川ですと言うしかなかった。もう一つは、日本で一番高いビルはどれかと言う問題で、住友三角ビルだと思ったが、班長は霞が関ビルが日本で一番高いビルだと言う。何で、ですかと尋ねると、霞が関ビル以外は聞いたことがない、つまり知らないからと言うことであった。なるほど、知らないものに印をつけることは出来ませんからねと、班長の正解説を支持した。

一次試験の発表が三日後にあり、どうした訳か署の中での合格者は私一人であった。次長さんが驚き、試験担当の人事課に人事課の機械が壊れているのではないかと問い合わせをされた。すると人事課の回答は、いいえ、機械は壊れておりませんで、解答の方が壊れておりましたと次長に連絡があったそうである。それからの次長の署員に対する訓授が印象的であった。うちの署は、柔剣道もダメ、試験もダメだから、これからは貯金の額で勝負する。皆さんは、夏のボーナスはしっかりと貯金をするように、と言う訓授をされた。二次試験は、基本四法と論文の記述式であったが、これも何だか受かってしまった。そして最後が三次試験の面接である。何回か練習をしたお陰で、自信がついたような気がした。そして、いよいよ当日となった。面接官は三名おられたが、最後の首席面接官の言葉が気になった。「運よく受かったら、しっかりやって下さい」と言うのである。運よくの言葉に嫌な予感がした。一週間後、嫌な予感が的中して合格者名簿には私の名前はなかった。昭和二十九年ころ、次兄がよく歌っていた三橋美智也さんの、女船頭歌を思い出した。「嬉しがらせて泣かせて消えた」そんな試験に対する思いとなった。一次で落ちようと、三次で落ちようと、結果が一緒であるなら、一次で落としてもらいたいと思うのは、私ばかりではないような気がした。しかし、子供の頃から、めげないのが私である。

いい思いをしたことのない人生ばかりを送っていると、それが当たり前となり、何とも思わなくなる。生徒会長の時と同じ、又の逆転負けだと感じた、それだけのことであった。

試験が終わってからも、利根川と解答した熊本先輩の言動は毎日面白かった。当時は、エアコンは署長室しか入っておらず夏の盛りに署長室前の廊下で熊本先輩と一緒になった。熊本先輩は、署長室の前で、いいなぁ署長は、クーラーが入って、わしらは暑くてかなわんよと言うのである。ところが、運の悪い時は悪いもので、丁度、熊本先輩の後ろに、署長さんが立っておられたのである。そして、署長さんは、間髪をいれずに、熊本君でも暑い時はあるのかねと、先輩に声をかけられた。驚いて恐縮すると思った熊本先輩は、平然と、何を言っているのですか、ありますよと答えていた。組織と言うものは、大勢の色々な人々で成り立っている。性格も違えば趣味や考えも違う。そんな数百名の職員を束ねなければならない管理者としての署長さんの立場も大変なものだと、この時は思った。

又、第二当番のある日、係員全員が居る講堂で、熊本先輩が大きな声を出して、皆に説明をし始めたので何かと思い、説明を聞いてみると、内の女房は馬鹿で、コンドームを六グロスも買ってしまった。こんなに使ったら俺は死んでしまう、誰か、一個百円でいいから買ってもらえないだろうかと言う内容であった。誰もが呆れてしまっていると、洋もくの山村班長が、急に「熊本、五個くれ」と叫んだ時には、腸がよじれる程、笑ってしまった。

熊本先輩は「暖簾に腕押し」「糠に釘」で、何事にも堪えない感じであったが、同じ係に実はもう一人、優秀な先輩がおられた。それが秋田先輩で、とにかく、署の双璧と言われるくらい、お二人は署内で際立っていた。秋田先輩は一口で言うと、毎日、始末書を書いているような人で、「秋田巡査始末書綴り」というのを幹部室に保管されていた。何の理由で始末書が多いのかと本人に聞くと、遅刻だと言う。自分では、遅刻しまいと毎日思うのだが、ついつい女房に注意されても遅刻してしまうと言う。ある日のこと、一階会計課前の公衆電話で話している秋田先輩がいたので、どうしましたと聞くと、唇に人差し指を立てながら、今、二階の幹部室に今日は風邪を引いてしまって休ませてくれと電話を入れたところだ。俺が出勤しているとは話さないでくれ、と私に頼むのである。何ですかと聞くと、たまには始末書を書かなくてもいいだろうと言うことであった。俺は熊本と違って気が弱いのだと面白いことも言った。私は、わかりましたと応えるしかなかった。

一月には毎年、年頭部隊出動訓練と言うのがあって、朝早く集合して行進訓練を行われた。その本番の日に、新しく着任された部長が遅刻をしてしまった。当然ながら、係長が、その部長に始末書を書くように話したまではよかったのだが、何気なく、始末書の書き方については、秋田君が詳しいから秋田君に、よく聞くようにと言われた時には、傍にいた秋田先輩も、さすがに呆れていた。幹部にしてみれば、この二人の先輩の言動には手を焼いておられたと思うが、私からすると愉快な二人だった。二人の何事をも気にしない性格には、ほとほと感心した。落ち込むとか、自殺する、などと言う文字は、おそらく、二人の辞書にはなかったはずである。その点が、私と意気投合するところがあったのかも知れない。

新任巡査の私は、応援で他の派出所に配置されたり、日勤ではパトカーにも乗せられた。昔のお巡りさんは、紹介した皆さん以上にユニークな人が沢山おられた。パトカーに乗っておられた宇井班長は、ボーナスを貰うと一万円札を「ウフフフフ」と笑いながら全部訓授場の床に並べる癖があり、見ていても何だか薄気味悪かった。

細田派出所の平沼班長は、伝説なので真実ではないと思うが、アルコールが切れると手が震えるそうで、ある日、派出所での立番中に倒れてしまったそうである。入口付近で倒れている警察官の姿に通行人が驚き、お巡りさんが襲われたと、一一〇番通報が入り、本庁の捜査一課と鑑識、更にはヘリコプターまで出動したとのこと。

ところが、調査の結果、襲われたのではなく、その日は自転車の被害届けが多くて、文字を書くには手の震えを止めなければならないので、つい飲み過ぎた。そのために酔い潰れて倒れたことが判明したのである。しかし、人から聞いた話なので、どうだかわからない。

でも確かに、バス旅行に行っても、バスの中ですっかり酔い潰れ、ホテルに入っても、そのまま朝まで寝てしまい。朝になってから、俺は夜の宴会に出ていない、何で起こさないんだと朝から飲み出し、怒り狂う様子を見て、世の中には本当に酒が好きな人がいるものだと思った。

奥戸橋派出所の藤本班長は、話の内容が、何を言っているのか全然わからない人だった。「ウチュ、ウチュ、ウチュとか、グチュ、グチュ、グチュ」とか言って、何の会話をしているのかまったくわからなかった。応援で奥戸橋派出所に勤務した時、突然夜間に方面本部の監察があり、拳銃金庫を開けてみろと言うので開けてみると、藤本班長の派出所での自炊用の米と、江戸むらさきが出て来たのには困ってしまった。平沼班長が、方面本部の方に問い質されても、例の通り、何を言っているのかわからない会話なので、私もどうすることも出来なかった。笑える話ではなかったが、勿論その結果は、始末書が待っていた。

すべて、夢のような思い出である。

国道沿いの四つ木派出所で、半年程勤務した私は、昭和四十七年七月、立石駅前派出所に配置換えとなった。駅前勤務になったから栄転である。

班長は阿蘇さんと言う方で、配置早々面白い話をしてくれた。阿蘇さんは、前任署で、自分の苗字のことで怒られたことがあるとおっしゃる。何ですかと聞くと、本署から電話がかかってきて、どなたですかと聞かれたので、「阿蘇ですが」、と答えたら、「ああ、そうですか、ではなくて、君は誰なのだ」と言われたので、「阿蘇ですが」と、もう一度答えたら、怒って電話を切られたことがあるとのことであった。「それは、とんだ勘違いですね」と言うと、それよりも、まだ面白い話があると言われる。今度は何ですかと尋ねると、いやね、浅草署に上野さんと言う人がいて、他府県の警察から電話がかかって来たらしいのだが、電話で浅草の上野と応対したまでは良かったのだが、先方の電話の人にしてみれば、のが聞こえないと、浅草、上野ですが、と言うことになるわけ。成程。それで、浅草に電話を入れたつもりが、上野に間違ってかけたかなと言うことなのだ。大して面白くない話であったが、何だか笑わないと悪いような気がして、無理して笑った。この班長とは、駅前派出所で二年間位一緒に勤務した。陸軍少年航空兵の班長も良い人だったが、阿蘇さんも、真面目ないい人だった。

派出所は下町の駅前なので、住民は色々な人がおられて、結構面白い扱いも多かった。この町では、千円使うと酔いつぶれて歩けなくなってしまうと言う。どうしてですかと又聞くと、大きいグラスで出される焼酎が一杯百円で十杯はとても飲めないからだそうである。だから豪遊しても、たかが知れていて、この地域では警察官は高級官僚並の給与水準なのだそうだ。でも、千円で豪遊だったら、二千円では何と言うのか、狂遊とでも言うのかと私は思った。

そんな立石駅前派出所のある出来事を私は思い出していた。

昭和四十七年八月、近隣の飲み屋さんから、無銭飲食の訴え出が派出所にあった。私は、押取り警棒を携えて現場に急行した。すると店の中には、年齢三十歳位の男と、年配の女性経営者と思われる人がいた。その経営者から話を聞くと、このお客さんが料金を払ってくれないと言う。いくらなのですかと尋ねると、瓶ビールが一本二百五十円で二本飲んでいるから五百円、つまみが二百五十円で、全部で七百五十円だと言う。そこで、男に、何で払わないのだと聞くと、男は、かなり酔っている様子だったが、今日は子供が生まれたので嬉しくなって一人でお祝いをやっているんだと言う。それで、金は、女の子に渡したと言うのである。狭い店内を見回したが女の子の姿はない。女の子なんか、いないじゃないかと、男を問い詰めると、その子に渡したと、六十歳過ぎと思われる女性を指差した。私は、一瞬アレッと思ったが、平静を装いながら、失礼ですが、ママさんは、お幾つなのですかと店の経営者に尋ねると、八十五歳だとおっしゃる。

となると、男の言うとおり、やはり女の子だと私は思った。年齢を聞いてしまって手前、いや、ママさんはいつまでも若くて、お美しいですねと、お世辞を言う羽目になった自分に可笑しさがこみ上げていた。男に、勘違いで払っていないことを諭すと、男は渋々、七百五十円を支払い一件落着となった。店外に男と出て、君も凄いところで飲んでいるんだなぁと語りかけると、この辺は良心的な店が多いんです、とのことであった。確かに、祝賀会が七百五十円で出来れば良心的なはずだと、この時思った。

八月の第二当番の午前一時過ぎ、派出所にホステスさんと思われる人が、女性警察官になりたいので願書が欲しいと訪ねてきた。受験することは自由なので願書を渡そうと思ったまでは良かったが、その女性をよく見ると、喉仏が出ている。どうやら本当は男性だとわかった。そこで、男子警察官の願書を差し出すと何を思ったのか、この女性らしき人は急に怒り出し、テメエ、ふざけんじゃねぇと言って帰ってしまった。こう言う方も、怒るときは男になるものなのだと、初めてわかった。調査した結果、ゲイバーは新宿二丁目ばかりでなく、立石駅近辺にもあることがわかり、参考として防犯係に連絡した。

八月の旧盆の頃、共同住宅地区で一人暮らしの老人が亡くなった。通報を受けて住宅に向かうと、共同住宅の皆さんが集まって、葬儀の段取りを話し合われていた。私の受け持ちの皆さんだったので一緒にその輪の中に入った。黙って聞いていると、どうやら香典の金額の相談らしい。

亡くなった老人とは、たいした付き合いもないので、香典は一世帯百円でどうかと、住宅の代表と思われる人が発言した。皆さんもそれに同意されたようだが、その中の一人の方が、自分は生活が苦しいから五十円にしてもらえないかと言い出された。香典、百円、五十円の話に一瞬、自分の耳を疑ったが、それが現実であることを知ると、経済的に幸せでない人が、まだまだ日本には大勢いるのだと改めて痛感した。香典袋だって、一つで五十円はする。若い時の苦労や辛さは、耐え忍ぶことは可能であり、将来の糧にもなろうが、老人になっても幸せになれない人は、本当に可哀そうだと、この時つくづく思った。私は、自分の財布から一万円を取り出すと、それを住宅の代表者に手渡した。人として当然のことだと思ったからだ。

立石駅前派出所の裏には、東京の博徒組織の親分が住んでいた。この派出所に配置変えになって間もなくだった私は、管内実態をまだ把握しきれていなかった。昭和四十七年の八月の夜勤の日、派出所の裏の横田さんから差し入れですと言って、寿司屋が五千円の寿司を持ってきた。丁度夕食時だったので、地元の警察のファンの方からの差し入れだと思い相勤務者と二人で、有難く御馳走になっていたら、ブロック担当の西村巡査部長が巡視で来られた。そして、誰からの差し入れだと聞かれたので、裏の横田さんからの差し入れですと説明すると、急に驚いた様子で、駄目だ、駄目だ、直に別な寿司を注文して、横田に返せと言われるのである。賭場を開く日には彼らが、よく使う手段かも知れないから、これからはよく注意するようにと、お叱りを受けてしまった。夕食に五千円も使ってしまい、泣きっ面に蜂の思いだった。

本田警察署では二回、取扱いが悪いと本庁に通報され、上司から注意や連絡を受けたことがあった。これを警察では「公聴事案」と言う。

一回目は、昭和四十七年の十一月のことで、立石駅前派出所で見張り勤務中、自転車に乗った男が、自転車に乗ったまま、何か私に話しかけているようであった。私が座っている位置と四メートル位の距離があったので、何を言っているのかよくわからなかった。黙っていると、その男は自転車から降りると、何かを急に差し出した。何を差し出したかと思うと、それは煙草だった。

「おい、一本吸えよ」と私に話しかけてきた。その態度が横柄で生意気そうに見えたので、「俺は、煙草は吸わないいんだ」と言い返した。ここまでなら何ら問題はなかったのだが、その後の、一言が余計だった。「煙草吸うのは不良だ」と言ってしまったのである。すると男は、急に激昂し「何、煙草吸うのは不良だと、俺は四十過ぎているんだぞ、その俺が何で不良なんだ」と口角泡を飛ばして向かってきた。それでも、私は男に反応することなく知らん顔をしていた。男が立ち去って、十五分もしないうちに、本田警察署の係長から電話があり、「煙草を吸うのは不良と言ったのか」との質問を受けた。私は、「あんまり横柄な態度だったので、確かに言いました」と告げると、係長からは「本庁には事実関係を報告しなければならないので至急本署に来るように」との連絡を受けてしまった。

警察という所は、何かあると直ぐに書面化するので、時間のかかるところなのである。

そんな後味の悪い思いをした一か月後の十二月、又、取扱いの苦情で警視庁本部に通報されてしまった。二回目は、何で相手に通報されたか意味がわからなかった。

それは泊まり明けの午前七時三十分、立石駅前派出所での出来事であった。勤務交代に備え派出所内を清掃していると、通勤者風の男が、「お巡りさん、相談があるのですが」と言う。「何ですか」と聞くと、「Gパンが無くなってしまったのですが」と言う。「何処に置いておいたのですか、無くなったのはGパンだけですか」と聞くと、共用のアパートの物干しに干しておいたGパンが無くなったとのことで、Gパンは買った時の値段は千円だと言う。買った時の値段が千円だとすると、法的には財産的価値は紙一枚でも存在はするが、世間の常識では時価では値段は無いのに等しい。しかも、置引きとか侵入窃盗ではなく、アパートの共用物干しでの話である。私は、その時は、何気なく「もしかしたら、アパートの別な人が間違って持って行ったか、あるいは風で飛んでしまったのではないですか」と話しかけると、男は私に「どうも有難うございました」と礼を言って立ち去った。

しかし、それから今回も十五分後、西村部長がパトカーで飛んできた。「どうされました」と西村部長に尋ねると、「君の取扱いが悪いと本庁に苦情が入ったんだが、一体、事実はどうなのだ」との内容であった。「取扱いが悪いと言われても、そんな覚えはないので、よくわかりませんが」と答えると「苦情の内容は、君がＧパン一本では、被害届けは取れないと言ったことなのだ」と。「冗談じゃありませんよ、被害の話は、お互いにしておりませんし、アパートの共用物干しに干しておいた、購入時千円のＧパンが無くなってしまったとの相談で、他のアパート住人の皆さんにも聞いたらどうですかと話したら、有難うございましたと言って帰って行ったのですよ、それが本庁に苦情の電話をかけるなんて、怒りたいのは私の方ですよ」と西村部長に説明した。

「なるほど、渋井君の言い分の方がもっともだ。ところで、相手の男の人定は取ってあるのかね」「はい、こんなこともあろうかと巡回連絡簿で確認した人定は控えてあります」と、私は胸を張って男の人定を西村部長に示した。すると、西村部長は「本庁から連絡のあった住所や名前と違うな。本署に戻って、もう一度、この人定で確認してみるから、少し待っていてくれ」となった。

それから、二十分程経って西村部長から電話が来た。「あのね、渋井君の人定で本庁に問い合わせたら、この男は苦情マニアで、それも常習だそうだ。本庁で相手にしなくなったものだから、それからは色々な住所や名前を使って、苦情電話をしてくるそうなのだ。いやいや、本署でも把握済みなんだが、立石駅前に行ったのは初めてらしいんだ、渋井君が人定を確認しておいてくれたから良かったものの、そうでなければ、苦情相手の氏名や住所を探すだけでも余計な時間が無駄になるからな」と西村部長の嬉しそうな声が電話口に聞こえた。

確かに、市民応接優先の思想は、市民に喜ばれそうな響きだが、現場のお巡りさんにとっては、神経を使うものである。私の父は、大正十三年に警視庁巡査を拝命したが、当時、全警察は国の警察で内務省に属しており、天皇陛下の警察官であったそうである。不敬罪と言うものがあり、極端な話、目つきが悪いと言うだけで電柱に縛られた話も父から聞いたことがあった。

そんな無茶苦茶はあってはならないが、あまりにも人権擁護の観点から萎縮する警察執行務も治安を守るためには好ましくないと思う。お巡りさんより税務署が怖いでは、国の治安が保てるわけはないのである。公聴事案を体験して、そんな思いを持った次第である。

立石には踏み切りを挟んで二件の映画館があった。踏み切りの東側が、成人映画専門の「金龍座」で西側が「ミリオン座」。この「ミリオン座」の一階はパチンコホールになっていた。「金龍座」は成人映画なので警察官が制服で行くと歓迎してくれた。防犯目的で、よく映写室に案内してくれた。成人映画を観ているのは殆どが男の客であるが、女性が居る時は要注意である。痴漢とは男の被疑者につく名称であるが、実は成人映画館には中年の痴女も出没するのである。痴女に出会った青年が私に話してくれたところでは、映写中に、いきなり自分の股間を握られたと言うのである。又、男の同性愛者も相手を探しに当然見に来るようで、成人映画館ならではの珍現象が起きるとのこと。しかし、男が女に股間を握られたと言って、警察に被害を訴え出るはずもなく、かと言って、同性愛者の行為が、即犯罪になるわけでもない。ましてや、映写中の暗闇の世界で、それに気づく観客もいない。

一度、立石駅前の派出所で、男の同性愛者に、何故、同性愛をするのかと話を聞いたことがあった。すると、その男は、男の喜びと女の喜びを同時に味わうことが出来ると言うのである。相手の男に、自分の肛門に挿入させるそうであるが、肛門は敏感なところで、それは快感らしい。この時、自分も思わず射精してしまうそうである。これが、男の喜びと女の喜びを同時に味わえる一瞬であるらしい。

私にとっては、理解できない話であったが、そんな世界もあるかと感心してしまった。

「ミリオン座」は普通の日本映画を上映していたが、私は、非番の日に植木等さんの無責任シリーズをよく観ていた。再上映の「日本一のゴマすり男」も面白かった。

社長の家に遊びに行った、植木さんが、社長に、「ここは、どこの撮影所ですか」と聞くシーンである。すると社長が「撮影所？　何でかね」と答える。「だって、ここに女優さんが居られる」「女優……、困るな君、ここに居るのは、僕の家内だよ」と、社長は満面の笑みを見せる。ゴマすりもここまで徹底されると、ゴマだと人間わかってはいても悪い気はしない。優良警察官も、こうでなければ務まらないと思った。

初めて、緊急逮捕で犯人を捕まえたのが、この立石ミリオンのパチンコホールでの傷害事件であった。

逮捕には、三種類ある。

まずは、通常逮捕で、刑事訴訟法一九九条に明記されている、事前に裁判官から発せられた逮捕状に基づいて被疑者を逮捕することである。被疑者が罪を犯したことを疑うに足りる相当な理由がある場合、通常逮捕が出来る。基本的には、逮捕の理由が存在するだけで十分とされている。

次が、刑事訴訟法二一二条一項と二項の現行犯逮捕で、現に罪を行い、行い終わって間がない犯人に対しては誰でも令状なしに逮捕できる。誰でもだから、現行犯は警察官ではない私人でも当然逮捕できると言うことである。

刑事訴訟法二一二条二項は、準現行犯逮捕の要件と言われるもので、

一　犯人として追呼されているとき
二　贓物又は明らかに犯罪の用に供したと思われる凶器その他の物を所持しているとき
三　身体又は被服に犯罪の顕著な証跡があるとき
四　誰何されて逃走しようとするとき

と、定義とされている。

そこで、準現行犯の罪を行い終わって間がないとは、どのようなことかと言えば、それは時間的接着性と場所的接着性を意味している。

それぞれに多くの判例があり、一概に即答は出来ないが、時間的に二時間以上経過していようと、場所的に一キロ以上離れていようと、継続性があれば準現行犯とした判例が存

在している。しかし、逮捕種別を誤ると違法とされ、折角捕まえた犯人を釈放しなければならなくなる。やはり現行犯との判断が難しいと思うときには緊急逮捕とするのが正解である。

最後が、刑事訴訟法二一〇条の緊急逮捕である。

死刑又は無期もしくは長期三年以上の懲役若しくは禁錮に当たる罪を犯したことを疑うに足りる充分な理由がある場合で、急速を要し裁判官の逮捕状を求めることができないときは、その理由を告げて令状なしで被疑者を逮捕できる。

これが緊急逮捕であり、逮捕した場合は直ちに裁判官の逮捕状を求める手続きをしなければならず、逮捕状が発せられないときは直ちに被疑者を釈放しなければならない。

立石ミリオンでのパチンコ店内傷害事件は、その判断を求められるような内容であった。

昭和四十八年一月の午後十時過ぎに、「本田管内立石駅前パチンコ店で喧嘩」の一一〇番通報を傍受した。

私は、相勤者の藤代巡査と二人で現場に急行すると、被疑者はすでに逃走しており店内には血まみれになっている男が倒れていた。倒れている男を確認すると、意識も呼吸もあったが、直に救急車を要請した。警察業務ばかりでなく、すべてのことに優先するのは、人命尊重である。

店員から事情を聴取すると、何の理由かはわからないが、被疑者に顔面を相当殴打されたようで、それが原因で倒れこむ程の傷害を負ってしまったようである。次に被疑者の特定であるが、被疑者は年齢三十歳位で、身長は百七十センチ、角刈りで、黒色のジャンパーを着て立石駅方向へ逃走との説明であった。直ちに、この状況を通信指令本部に通報はしたが、しかし、これだけではどうにもならない。

事件が起きて三十分以上経過はしているものの、被疑者は返り血を浴びていると思われるので、発見すれば十分に、準現行犯人として逮捕できる。立石駅方向へ向かって被疑者を探す方法も当然考えられたが、ここはパチンコ店である。もしかしたら、常連客の中に被疑者を知っている人が居るかも知れないとの判断に賭けてみた。幸い店内には五十人余りの人が残っていた。

「何方か、逃げた男に心当たりの方はおられませんでしょうか」と、皆さんに声をかけてみると、その中の一人の男性が、被疑者を知っていると言い出した。

まさに、待ってました、との心境であった。詳しく事情を聞くと、逃げた男は、自分の自宅がある立石三丁目付近の「すみれ荘」と言うアパートに住んでいるとの情報を得た。

この時、現場に到着された西村巡査部長に、この状況を報告すると、西村巡査部長は、「よしわかった、それでは、そのすみれ荘へ向かう」と言い出された。

時刻は、すでに午後十一時を過ぎていた。何とか立石三丁目のすみれ荘を探し出すことはできたものの何せアパートは、深夜で真っ暗である。懐中電灯で管理人の部屋を探し、尋ねてみた。管理人は眠そうな顔でドアを開けてくれた。

私が管理人に「このアパートに、年齢三十歳位で、身長百七十センチ、角刈りで、黒色のジャンパーを着ている男が住んでいませんか」と聞くと、「ああ、その人なら、通称遊び人の昭ちゃんかも知れない、部屋は二階の二〇三号室ですよ」と教えてくれた。三人で、二〇三号室をノックすると、ドアが開いた。男は警察官の姿を見ると、一瞬驚いた様子を見せたが、何も話しかけないうちに「済みません、普段から生意気な野郎だったので、つい我慢が出来なくなって殴ってしまったんです」と申し立てた。「君の名前は、表札にあるとおり、田中昭一でいいんだな」と私が念を押すと、「そうです」とポツリと答えた。私は「では、田中昭一を傷害犯人として緊急逮捕する」と告げ手錠を掛けた。

緊急逮捕は、たぐり捜査であり、通常逮捕の相当な理由ではダメで、充分な理由がなければならず、その点、この傷害事件は、緊急逮捕の要件としてピッタリの内容であったと思う。

緊急逮捕は憲法違反だとの説もあるが、判例はこれを合憲としており、逮捕要件と逮捕後の手続さえ誤らなければ何ら問題はない。警察の理想は、事件の発生を防ぐことが一番ではあるが、不幸にして事件が発生しまった場合には、現場検挙が最大のお手柄なのである。刑事ドラマは映画にしろ、テレビにしろ、第三者的な立場で見ている方は面白いであろうが、本物の捜査本部事件は、警察当局の苦労や被害者家族の心労は、それは大変なものとなる。警察官として、現行犯逮捕や緊急逮捕で事件を即、解決することが国民に最も望まれることなのである。

複雑混迷化する社会、警察も大変難しい問題に直面している。それが取り調べの可視化である。

足利事件での一連の経過は、警察、検察、裁判所の失態であり善良な一市民に地獄の苦しみを与えてしまったと思う。自己に不利益な供述は証拠能力があると言う理由で、刑事はDNAを信じ、私が殺しましたと言う任意の供述を取るために無理をしてしまったのであろう。被疑者が札つきの悪人であるならば、それでも否認したであろうが、どう見てもご本人は善良な市民である。ある種の恐怖と不安から、その場から早く楽になりたいとの一心で、殺人のストーリーを自ら考えると言う、弁護士や裁判官にも見当がつかない言動に出てしまったことが、免罪としての悲劇になってしまったと考えられる。そこで、この様な悲劇を繰り返さないと言うことで、取り調べの可視化が論議されるようになったのだとは思うが、これは考え方としては一見正解に見える。しかし、可視化制度導入は、現実問題として調べが調べにならなくなることを見誤ってはならない。

警察が扱う事件は、善良な市民が出来心から罪を犯す場面ばかりではないのである。犯罪は数多くあり、しかも犯罪者も多種多様で一筋縄では手に負えないものばかりである。人権擁護ばかりに気を取られた取り調べが、刑事としての取り調べとして体をなすかは、はなはだ疑問である。

「どうですか、この人を殺しませんでしたか」と聞いて、

「はい、私が殺しました」と素直に言う犯人が、はたして居るかどうか。

疑わしきは被告人の利益に、の大原則がありますから、被疑者が、

「殺したような気もしますが、よく覚えていません」と言えば、調べ官は、

「よく覚えていないのなら、殺してはいないでしょう」で終わってしまう。

これでは何も刑事が調べなくても、裁判員制度のように一般人に調べをやってもらっても良い様な話になる。

足利事件は、確かに大きな失敗ではあったが、それによって捜査の根幹を揺るがすような可視化制度の導入は、まさに角をためて牛を殺すことになってしまうと思う。

第三章　不良警察官パトロール

その二

不良警察官パトロール　その二

それから三年が過ぎ、昭和五十二年二月、私は隣の亀有警察署に昇任配置となった。

今度は、前所属の本田警察署より自宅から近くなり、自転車で通勤することが出来るようになっていた。春まだ浅い頃、亀有警察署での私のパトロールが始まった。亀有管内で一番忙しい亀有駅前派出所は、私も希望するところであった。

そこでまずは管内の実態把握である。日本の警察には巡回連絡制度があり、年に二回以上は受け持ち世帯を訪問することになっていた。私の受け持ち世帯は簿冊が二冊で五百世帯位であった。巡回連絡初日から、簿冊を抱えた私は、悪いこととは知りながら檀家探しからの巡回連絡を無意識のうちに開始していた。檀家とは、わかりやすく言えば、受け持ちのお巡りさんを歓迎してくれるお宅のことである。何と言うのか、いわゆる、お寺の信者、つまりそのお巡りさんのファンの皆さんとでも言いますか。そんな皆さんのお宅が檀家なのである。巡回連絡は、昔は戸籍調べとも言われていたが、正確な戸籍は区役所には敵わないので、その目的は受け持ちの皆様との良好な関係と情報収集にあるのではないのかと、私自身は理解をしていた。普通は、玄関対応で終わりであるが、檀家となれば、お茶やお菓子の接待もしてくれ、時には昼食まで御馳走してくれるところもあった。今の時代は、こんなことは許されないかも知れないが、私が亀有警察署で勤務していたころは、ある意味で、住民との癒着と言うものではなく地域の中に溶け込んでいたのである。

泊まり勤務の日には、毎回、深夜まで営業している中華料理店さんが、残った餃子を差し入れしてくれた。それも少しではなく、大皿を二つ、毎回差し入れしてくれた。捨ててはもったいないと思われたのだろう。冬の夜勤を頑張れたのも、この餃子のお陰である。夏などは決まって、清涼飲料水の差し入れを駅前の酒屋さんがしてくれていた。

そんな昭和五十二年の七月の午後、私は、担当の柴田係長が巡視に来られたので、冷蔵庫からコーラを取り出してコップに注ぎ係長に出した。ところが、係長の様子がおかしい。そして一言、「これは何だね」と言われるので、「コーラですが」と答えると、「君、飲んでみろ」と言われた。

そこで、一口飲むと、それはコーラではなく、コーラの容器に誰かが入れた、麺つゆであった。物事はすべて、見た目だけでは判断してはいけないことがこれで良くわかった。

柴田係長は、「花と竜」の歌が好きで、よく宴会で歌われていた。そして、実績の上がった月などには、亀有駅北口派出所の西野部長と一緒に、金町のキャバレーで、御馳走してくれた。当時はキャバレー全盛期で、私も学生時代からキャバレーに出入りしていたので、その街によって雰囲気が違うのが分かっていた。学生の頃、選挙の応援を何度もしたので、その関係で連れて行ってもらったからである。記憶に残るのは、神奈川県の、ある市議会議員の選挙の応援であった。その候補者は、会社の社長もされていて自宅の玄関には国定忠治と名入りの三度笠が掛かっていた。どうも私は、国定忠治と縁がある。社長は会議と称して、新宿の「ムーランルージュ」や渋谷の「ファイブスター」に招待してくれた。キャバレーの店内を見回すと学生服を着ている客は私一人で、何だか気恥かしかった。ムーランルージュでは、金粉を塗った男のリンボーダンスが印象的であった。そして、この候補者は、タクシー会社にも顔が利くようで、自分の名刺に、ある神奈川県大手のタクシー会社名を書いて自分の認印を押すと、それを私に手渡し、この名刺で自由にタクシーに乗れるからと言うのである。本当かなと思って、何度か使ってみたところ、本当だったのには驚いた。

金町のキャバレーで、そんな学生時代を私は思い出していた。

翌日の第二当番日の午後、いつものとおり自転車に乗って、出勤した。その日、自転車置き場にどうしたわけか課長さんがいらして、「今日は、何かね」と聞く。「泊りですが」と答えると、「海に行くんじゃないんだ」と言われる。私は、暑いのでビーチサンダルとアロハシャツ姿で来たのが、まずかったと思ったが、今更どうにもならないので、「制服に着替えますので何ら問題はありません」と弁解した。課長さんは呆れたのか、何も言わずに自席に戻られたようだった。それからは、アロハシャツとビーチサンダルは不味いと思い着て行くのは止めた。

これは、自分でも理由がよくわからないのであるが、何となく自然に思った通りの言動をしてしまうのである
ある日、亀有警察署に一緒に配置となった、女性警察官の人に、署の裏庭で署員が沢山いるところで軽く馬鹿なことを言ってしまった。周りにいた署員は、腹を抱えて喜んだが、その人は、怒った顔で署内に入って行ってしまった。暫くすると、警務の伊藤係長が呼ん

でいると言うので、出向いてみると、「何を言われたかは、話さないのだが、鶴先さんが、怒って来て、渋井部長を厳重に注意してほしいと言うことなんだ、一体何を言ったんだ」との話だった。私も、一瞬、まずいと思ったが、そこはポーカーフェイスを決め込んで、「そんな気に障るようなことを言った覚えはないのですが」と、鹿十した。

昭和五十二年十一月、亀有警察署に着任して初めて嫌な事件に遭遇した。

その時、私は、パトカーの亀有2号に同乗していた。無線を傍受すると、救急隊からの一一〇番要請で、金町三丁目のアパートで、赤ん坊が枕もとのビニール袋に入れられているとの内容であった。無線だけでは、よくわからない状況ではあったが、急いで現場に向かった。

パトカー乗務員二名と現場である、アパートの部屋内を見ると、女性が血の海の布団の上で仰向けになっており、その女性の枕もとの傍には、ビニール袋に入れられた胎児らしきものが発見された。私が確認すると女性は、すでに亡くなっており、傍には、正座して震えている男の姿があった。

男に事情を聴かねばならない。男は、亡くなった女性の夫であった。

事件の内容は、生活が苦しいので子供を産ませるわけにはいかず、妻が死んだりはしないかとは思ったが、胎児は無理をしてでも堕そう思い、妻の腹部を手や石を使って圧迫したら、堕すのには成功したものの、妻の出血が止まらなくなり、妻が死んでしまったと、説明した。

私は、とっさに、胎児に対する殺人罪はともかく、妻に対しては未必の故意が存在すると判断し、殺人の現行犯として逮捕することにした。

常識では考えられない犯罪ではあったが、本当に私も切なかった。こんな事件が起きるような社会であっていいはずがないと、何か憤りのようなものを感じる自分が、そこにあった。

十二月になると、署の寮祭が青戸の農協会館で行われた。青戸派出所の隣である。私も独身だったので参加するよう、担当の長谷係長から言われた。新宿のムーランルージュにいるような華やかな女性の皆さんではなかったが、真面目そうで清楚な感じの、管内の独身女性が大勢参加していた。

署長が、積極的に「銀座の恋の物語」をデュエットしている姿が面白かったが、どうせやるなら「亀有の恋の物語」とでも替え歌にした方が、盛り上がるのにと勝手に想像していた。隣にいた長谷係長は飲み食いに夢中のようであった。テーブルの大皿の中には、松茸があった。しかし、その松茸は、よく見ると紙で出来ている偽物だった。

しかし、一人三千円の予算では、松茸も紙になるのも仕方がないと思った。

以前映画「男はつらいよ」で、寅さんが同窓会を東京の一流ホテルに申し込む場面を思い出していた。それは、電話でのやりとりであったが、紙の松茸を連想させるものであった。

「あの、葛飾の車ですがね、いや、車たって、タクシー会社じゃぁないの、苗字が車なの、それで今度、お宅でね、同窓会をお願いしようと思っているんだけど、いいかな、いいのね、ではまずね、料理は高級なものをよく吟味してもらって、そうね、酒は灘の極上で飲み放題かな、それとね、綺麗どころも十人ばかり揃えてもらおうかな、うん、予算ね、予算は一人、二千円…。え、何だ、お断りしますだと、それが、客に言うセリフか」云々であった。

私の心の中には悪い癖で、この時、ひょうきんと言う本能が又、芽生えていた。

「長谷係長さん、ここに高価な松茸がありますよ、折角ですから召しあがったらどうですか」

「いいのかな、私が食べちゃって」

「いいんですよ、係長さんが食べなければ、誰も食べる人なんか居ませんよ」

「そうなの、でもタレがなくちゃぁ」

「醤油でよかったらここにありますよ」そう言うと、私は、醤油を皿に入れ、長谷係長に手渡した。係長は、嬉しそうに紙の松茸を箸でつまむと、それを醤油につけて口に入れた。そして、直ぐに反応した。口に入れた途端、紙で出来ている松茸だとわかったのである。思った通り、真っ赤になって怒りだすと「不愉快だ、帰る」と言って、署の幹部に挨拶もしないで帰って行ってしまった。これ以来、長谷係長とは、当然気まずい関係になってしまった。


そして、私を一躍有名にしたのが日本テレビの放送だった。この出来事は、私の著書である『父母を介護の三十年』にも書いたが、詳細ではなかったので、改めて紹介させて頂く。

第一当番日の午後、警備課長から電話があり、今、亀有銀座通りで映画のロケーションを行っているので、警備上問題はないか見て来てほしいとの内容であった。撮影現場だと思って行くと、そうではなく、亀有銀座通りにある、うなぎの「川亀」に突然、スターマル秘訪問と言う番組がやってきたのである。自転車に乗ったままでいると、すでに周りは街の人達数百名の皆様に取り囲まれている状態で、とても簡単に脱出できるものではなかった。すると、見たことのある人がマイクを持って近づいてきた。その方は、ポール牧さんだった。

ポールさんは、「お巡りさん、いいところに来た、どうですか亀有の街は」と、マイクを持って聞くので、「亀有の街は最高ですよ」と答えてあげた。「どうしてですか」と又、聞きなおしてきたので、

「私がいるから」と胸を張ると、周りの皆さんが、どっと笑った。

次に、ポールさんが、「ところで、お巡りさん、この人を誰だか知っていますか」と聞くので、横を見ると、歌手の日吉ミミさんが立っていた。思わず、「貴方、大久保でスナックやっているんですよね」と尋ねると、「あら、お巡りさん、よく知っていますね」と驚いた様子であった。「ええ、雑誌のアサヒ芸能で見たものですから」と間髪をいれずに答えてあげた。又、どっと笑い声が渦巻いた。周りは益々、盛り上がって来ていた。

すると、ここでカメラを持った日本テレビ関係者が近づいて来たのがわかった。「あれ、これテレビ、……放送するの」とポールさんに聞くと、「勿論ですよ、明日の午前八時半と、午後の二時、二回放送しますから」とポールさんが言う。「冗談じゃないよ、俺、首になっちゃ

うよ」と、ポールさんに苦情を言うと、「大丈夫です、私が警視総監に責任を持って話しますからと」訳のわからないことを言われる。更に、「責任は間違いなく、私が取ります。ここまで盛り上がっているのですから、最後まで付き合って下さいよ」とおっしゃる。「何を付き合うの」と聞くと、日吉ミミさんと、恋人に振られたのを、デュエットしてほしいとのこと。

そんなことは出来ないと断わったが、街の皆さんまで、ヤレヤレでどうにもならない。もうこうなったら、私も男だと思い、デュエットまでは放送しないだろうと安易に考え、処分などは気にせずに、ワンコーラス、日吉さんとデュエットしてしまった。

翌日、警察署でテレビを見てみると、何のことはない、そっくりそのまま放送されてしまっていた。いよいよ、首かなと内心は穏やかではなかった。同僚は皆、事実を知っていたが、幸い、署の幹部も本部の皆様も運よく見落としてくれたようで、お上からのお達しはなかった。

この件、以来、亀有商店街付近の皆様は、私のことを、両津巡査長とか、両さんと呼ぶようになっていた。

　それからと言うもの、この「川亀」から私が、泊まりの度に、五人分のうなぎが届く様になった。申し訳ないからと断るのだが、残りものですからと言って、四日に一度は差し入れてくれた。別に「川亀」の宣伝に協力をした覚えはなかったのだが、せっかくの街の人の好意を無にするのは失礼と思い、機動隊に転勤するまでの、一年間、御馳走になってしまった。

　とにかく、亀有銀座商店街では、名が知れるところとなり、泊まりの日に、商店街の副会長さんが、盆踊りの相談に来た。何かなと思って、話を聞くと、銀座通りにやぐらを組むので、そこで一曲歌ってもらえないかと言うのである。「冗談じゃありませんよ、今日は泊まり勤務ですよ」と説明すると、「警らの時間があるでしょう」とおっしゃる。おそらく、日吉ミミさんとの、歌声を覚えていて、盆踊りを盛り上げようとする魂胆が見て取れた。浴衣も準備してありますと言う。皆さん、喜んで待っていますからと言われると、おだてられると天まで上がる性格の私には、もう断ることが出来なかった。「それじゃ一曲だけだよ」と、バレたら首を覚悟で了承した。幸い上司にバレルことなく、めでたく時効となった。別に何の意味があるわけでもない、商店街と、川亀のうなぎのお返しの真似ごとと思い、盆踊りに参加しただけのことであった。

こんな時の自分勝手な時効は有難いのだが、犯罪の時効となると話は違ってくる。

時効には公訴の時効と刑の時効とがあるが、その時効が今、社会問題化している。

公訴の時効とは刑事訴訟法に定めがあるもので、犯罪発生後、一定期間内に犯人を裁判所に公訴提起しなければ、刑が科せられないと言うものである。

一方、刑の時効とは刑法に定めがあるもので、裁判確定後、逃亡したりして一定期間、刑の執行を受けなかったとき、時効で刑の執行が免除となる制度である。死刑の場合だけで考えてみると、公訴の時効が十五年、刑の時効が三十年とされている。公訴の時効は平成十七年に、法律改正が行われ、死刑が十五年から二十五年に変わったが、問題は、法改正以前の犯罪については、死刑の十五年が、そのまま適用されてしまうと言うことである。

亀有警察署でも、「柴又女子大生放火殺人事件」が未解決であり、公訴時効を迎えてしまった。ご家族の気持ちとしては、この時効と言うのは納得できるものではないし、見つからなければ訴追されないと言うのは許せない。

私は正直、可視化法案には反対であるが、凶悪事件の時効廃止には大賛成である。時効のメリットとデメリットを考えたとき、凶悪事件は逃げおおせるものではないと言う、社会的風潮を高めることが、より重要であると考える。

この柴又の事件は、私も自宅から近かったので、後から現場を見に行ったが、今は、ここは空き地になっている。

事件は、平成八年九月九日の午後四時頃の前後、激しい雨の中での四十分位の間に起きた放火殺人事件ではある。

そこで、私自身で少し推理してみた。普通、殺意があっても放火まですることはないと思うのだが、火を放ったと言うことは、犯人側にしてみれば、すべての証跡を消したいとの思いがあったのではなかろうか。しかも外は雨である。留学の二日前に起きた事件、交友関係が気になるところではあるが、この線は、もう行き詰まってしまったのであろうか。それともストーカーかと思われるが乱暴をした形跡はないと言う。柴又駅方向へ雨の中走り去る若い男との目撃証言。これが犯人か。窃盗目的で入った男が、被害者に発見されての放火殺人。でも被害は一万円札一枚。これも首を傾げたくなる。それとも顔見知りなのか。スリッパが二階に並べられ、両足はストッキングで、からげ結びで結ばれ着衣に乱れはなく、口には粘着テープ、そして両腕も粘着テープで縛られ、夏掛けの布団が頭からかぶせられていた。随分と時間のかかることをしている。それと窃盗犯人が、スリッパをわざわざ履いて二階へ行くだろうか。それもどうも考えにくい。そして、仏壇のマッチを使っての放火、若い人ならライター位、持っていると思うのだが、持っていないところを考えると、煙草は吸わない人物か。

となると、犯人は、

一　窃盗犯人

二　ストーカー

三　面識のある人物

のいずれかであることは間違いない。

私の感では、どうも三の、面識のある人物ではないかと考える。現場検挙が出来なかった以上、警察の労力と、ご家族の心労は大変なものとなるのである。この柴又事件を考えるにつけ、凶悪事件の公訴時効の廃止は当然であったと思う。

うなぎを食べて、精力をつけた泊まりの夜は、大体午後十一時から交通検問を実施した。亀有公園前派出所のモデルと言われている、亀有北口派出所の西川部長と一緒に、五～六名で検問に当たった。場所は、千代田線亀有のガードの下で、四つの道路が交差する、検問場所としては最適なところであった。二時間位は、最低実施したが、少ない時でも酒気帯び運転を二件は取り締まることが出来た。この場所の一方の角は後に病院が出来るが、この頃は、まだ草むらであった。そして、その反対側の角には、ソープランドがあった。ある日、検問を開始して一時間位経った頃、着物を着た支配人と思われるような人が、入口を出たり入ったりしているのが認められた。私は、少し気になり、手招きで、その支配人らしき人を呼ぶと、その人は、直に飛んできた。「お巡りさん何ですか」と言うので、「邪魔かい」と、私は声を掛けた。すると、「とんでもありません」と言う。「だって、顔に邪魔って書いてあるよ」と言うと、「そんなことはありません」と強く否定した。「確かに、お巡りさんが、ここにこんなに居ては、お客さんも来なくなってしまうだろうから、とにかく、もうすぐ止めるから」と話すと、その着物姿の店員は嬉しそうに、店に戻って行った。五分位すると、その人がまた来て、「これ亀有サウナの招待券なんですが、無料で街の人にも配っているものですから、どうぞ使って下さい」と差し出した。非番の日は、サウナに入ってから、家へ帰る署員も居ると思い、せっかくだと思い受け取っておいた。派出所に帰ってから、封筒の中を相勤者と一緒に見てみると、何のことはない、サウナの入浴券ではなく、ソープランドの入浴券であった。そして、裏を見ると小さくボールペンで赤丸がしてある。そうか、これは、お巡りさんに渡したものだとわかるようにしてあるのだと、思わず皆で笑ってしまった。まさか、ソープランドの入浴券を署員に配るわけにも行かないと思い、数日後、商店街の皆さんに配ってあげた。商店街の皆さんは、こう言うものを、お巡りさんから貰うのは初めてだと、ひどく喜んでくれた。

この場所での交通違反取り締まりで思い出すのが、原付バイクの無免許運転である。午後の十時過ぎに、原付バイクの少年を停止させ、免許証の提示を求めたところ、免許証不携帯ではなく、無免許運転だと言う。交通取り締まりを切符で処理する場合、無免許運転や酒気帯び運転などの悪質なものは、青色の反則切符で処理することは出来ず、赤色の交通切符で処理する。無免許運転と言うことで、赤色切符で処理し、身柄受け書を少年の父親に連絡し、父親に署名してもらった。

それから、約一週間後、運転免許本部から私に電話連絡があった。何だと思いながら電話口に出ると、「先日、無免許運転で取り締まって頂いた少年のことなのですがねぇ」と奥歯にものが挟まったような口ぶりである。「何かありましたか」と聞くと、「この少年、実は免許証を持っているのですよ」と言う。免許証を少年が持っていると言われて、一瞬、意味がわからなかった。免許証を持っていなくて、持っていると逃げようとするのが普通の話で、免許証を持っている者が、無免許だと言い出す話など聞いたこともなかったからである。

「免許があるのですか、でも、本人が無免許と言ったものですからね、しかし、ちょっと考えられない話ですね」「そうですね、この少年に精神的に何かあるのか、よくわかりませんが、とにかく一度よく調査して頂きたいのですが」との運転免許本部係官からの連絡であった。

私は狐につままれたような気持で、少年の自宅を訪ねた。家には、少年と父親が居た。「君は、本当に原付の免許証を持っていないのか」と聞くと、少年は、「免許は一度も、取りに行ったことはありません、あの日は興味半分に、自転車に乗るようなつもりで乗ってしまった」と言うのである。そして、ここで、重要なことを父親が語り始めた。「家の原付バイクは、今は私が乗っていますが、以前は、これの兄貴が乗っていました」。

父親はここで黙りこんでしまった。私は、直感で何かあるなと思い、これ以上聞き出す必要もないと判断し、少年宅を離れた。そして、詳しく調べた結果、すべてが判明した。

何と、少年は双子だったのである。原付バイクは、少年の兄が、乗っていたものである。

ところが、この双子の兄は、交通違反が重なり免許証が取り消しとなってしまった。それで兄は弟になりすまし、弟名義の免許証を弟には内緒で取得していたのである。弟が免許証は無いと言ったのも当然だったが、弟名義の免許証が存在するのも又、当然であった。取り締まり当日、弟が「免許証の不携帯です」と言えば、それで見逃されてしまった事件である。ところが、弟が正直だったために兄と父親の相談による犯行が露見してしまったのである。まさに、「天網恢恢疎にして漏らさず」との諺通りの内容であった。罪名は、公正証書原本不実記載罪、これでやっと一件落着となったのである。

昭和五十三年の夏が過ぎ、季節は秋となっていた。警察署で家族慰安会が計画された。署員による演芸大会と決定され私が、係の実行責任者にされてしまった。子供のころから、ひょうきんなことは好きだったので別に苦にはならなかった。女装して踊りをやれば受けると思い、第二当番の午後四時ころ、駅前のキャバレーに行った。制服で行ったので、キャバレーの支配人が慌てた様子で出てきた。「お巡りさん、こんな早い時間に何ですか」と聞くので、「貴方のお店にはドレスがありますか」と逆に聞くと、「ええ、内はキャバレーですから、女の子が着るドレスならたくさんありますが」と言う。「悪いけど五着貸してくれない」と言うと、驚いた顔をして、「どうするんですか」とキョトンとした。「私が着たいんで」と又言うと、「何で又」と聞く。

説明するのに面倒だったが、「警察でお芝居をするので使いたいんだ」と答えると、やっと納得した。支配人はタダでいいとは言ったが、タダほど高いものはないと思っていたので、借りるのは一日だけだと思い、結構ですと言われたが、前金で洗濯代が必要と考え、一万円を支配人に手渡した。その支配人は、どうしたことか恐縮していた。五千円ポッキリが店の看板のうたい文句に書いてあるので、五千円おつりをくれるのかと思ったが、くれなかった。でも貰う気は最初からなかった。次の非番の日にドレスを借りに来ることを支配人に伝え、ネオンが灯る前に店を出た。

同年十一月、亀有警察署前の教育センターの会場で家族慰安会が開かれた。警察でやるイベントなので費用がそんなにかかっている訳もなく、景品と、お弁当が出るくらいだった。警察のイベントだから、まさに健全そのものと言えるお祭りである。私も昭和三十年ころ、次兄が務めていた向島警察署の家族慰安会に母親と、すぐ上の兄と一緒に行ったことがあった。お巡りさんが、自分達の腹に顔を書いて、頭と顔を頭巾のようなもので隠しての、腹芸踊りだった。

見ていて、こんな変な踊りを、お巡りさんもするのかと思うと何だか可笑しくなった。慰安会が終って、次兄が会場内の様子の写真を持って来てくれたので、見てみると、私だけが一人、背中を向けて座っていた。このころから、すでに私の行動は、いつも人とは違っていたかも知れない。本番前の女装をしている自分の姿を鏡で見て、私自身も、そう思った。

赤、青、白、黄色、緑のドレスを着た五人のお巡りさんによる、適当なストリップまがいの踊りだった。会場は爆笑の渦となったのがよくわかった。客席には、普段は監察担当の第七方面本部の皆様も、いらしたようであったが、きっと呆れておられたと思うと、自分でも嬉しくなった。快感にも、いろいろあることがわかったような気がした。私の母親も、近所の人を連れて応援に来ていた。親馬鹿も中々有難いものだと思った。

そして、一万円の衣装代を惜しげもなく投入した、この大道具大仕掛けの司法芸人による大演芸会の幕は下りた。

家族慰安会が終った最初の非番の日に署員会議があり、私は長谷係長から出るように言われた。非番の日は、皆疲れているので会議には出たがらない。係からは、一緒に着任した、高倉部長と二人だけが出ることになった。六十人位の会議であったが、眠いので後ろの席で高倉部長と二人で居眠りを半分しながら、出席者の話を黙って聞いていた。すると突然、誰かが声を出し、「おい、オカマ、オカマ、何か言えよ」と叫んでいる。見ると署長の声であった。私は、この会議にオカマと言う苗字の人がいるのだと思い暫く黙っていたが、あたりを見回すと会議場での皆さんが、全員、私の方を見ている。ここで、私も直観的に、オカマと言うのは、自分のことを署長が指していることに気がついた。そうか、署長は先日の家族慰安会で女装して踊ったことを言っているのだとわかった瞬間、私は、反射的に怒りがこみ上げ、眠気も一変に覚め、無意識のうちに立ち上がった。

そして、「署長さん、申し訳ないのですが、私の苗字はオカマではなく、渋井と言いますので、間違わないで頂きたいと思います、オカマとおっしゃったのは、この間の家族慰安会で、女装して踊ったことを言っておられるのだと思いますが、私は何も好きでやったんではなく、皆さんに喜んでもらおうと思い、一生懸命やったんです、酒でも飲んでの宴席の無礼講ならともかく厳粛な署員会議でのオカマ呼ばわりは失礼ではないかと思いますので、訂正して頂きたいと思います」そう私が言い放つと、会議場は水を打ったように静かになってしまった。司会役の副署長も雰囲気の悪さに気まづくなったのか、間もなく会議を終了させてしまった。

会議が終ると私は、直に課長に呼ばれた。どうせロクなことではあるまいと思ったが、上司であれば仕方がないと渋々、課長席まで行った。すると案の定、課長は険しい顔で、「渋井、あの署長に対する態度は何だ、直に署長に謝ってこい」とおっしゃる。私が、「何ですか」と聞きなおすと、「何ですかも、何もないだろう、あの署長に対する態度は何だ」と更におっしゃる。「何だと言われても、苗字を間違われて言われたので訂正して頂きたいと言っただけですので、別に謝る必要はないと思いますが」「何だと、そんなことばかり言っているると、君は転勤になるぞ」「えっ、何ですか、転勤ですか、転勤結構じゃないですか、でも、オカマが転勤した話は、あまり聞いたことがありませんね」。

この時、フト、親譲りでない無鉄砲が又出てしまったと、私は気が付いていた。

翌日の日勤は、小菅の拘置所の警備に従事することになっていた。差別問題での被告が拘留されているので、拘置所に対する抗議行動に対する警備であった。私も、防護衣を中に着込み、ワッペン服姿で一階の事務室で座っていると、そこへ署長が見えた。

いきなり、署長が、私の肩を叩き、「どうだ、装備つけているか」と聞くので、丁度小柄な署長の股間が、私の左手の位置だったので、思わず、「署長もつけているかな」と言って、署長のキン○○を握ってやった。署長は驚いて、「何てことするんだ」と、あまりにも馬鹿なことをしたので、呆れて行ってしまった。しかし、オカマに握られたのだから、そんなに悪い気はしなかったのだろうと、私は今でも、そう思っている。

しかし考えてみれば、オカマと言う言葉を、会議で口にされる位だから、ざっくばらんな署長さんであったと思う。自分の気持ちに正直な方だから、思った通りの言動をされていたとの印象であった。私も、こんな性格であったので、相通じるものがあるような気がして内心では好感を持っていた。

署長は、島部の署長から亀有警察署にいらしたが、亀有警察署当時、自宅を新築されていた。大工さんは、島部勤務の頃の知り合いの方に頼まれたそうであったが、何だか雨漏りがしてしまったとのことであった。そんな話を、署長の運転手さんから聞いた。ところが間が悪い時は悪いもので、ある日、署内で、この運転手さんは、自分の後ろに署長が居たことにも気がつかないで、「署長も、島の大工なんか連れて来て、安く作ろうとするから雨漏りもするよ」と言ってしまったのである。翌日から、運転担当が変わったとの話を聞いて思わず吹き出してしまった。

それから数か月後、私は機動隊に転勤となった。何のことはない栄転だと言うことで、檀家の皆様が送別会を開催してくれた。この間、私の父は、すでに亡くなっており、私は、脳梗塞で言語障害になってしまった、母と二人で暮らしていた。

第四章　お見合いと機動隊

お見合いと機動隊

面倒くさがり屋の私も、母を自宅に一人にしておくわけにもいかず、結婚を考えていた。別に特別な条件があるわけでもなかったが、病気の母と一緒に仲良く暮らしてくれる人がいれば、それが一番だと真剣に考えていた。そうなると、お見合いも嫌でも数をこなさなければならなくなる。下手な鉄砲も数打ちゃ当たるとの不謹慎な心境にならざるを得なかった。一か月半位のペースで、年七回のお見合いをした。本当のところ、相手の皆様には申し訳なかったが、好きとか嫌いとかの世界ではなかった。でも、母と同居が条件の見合い結婚は、今の時代は難しいと言うことで、殆どが相手の方に逃げられてしまったと言うのが実情であった。でも、それでもめげないのが私の良いところである。

短期間で数多く、お見合いをしていれば、顔も名前も間違えるのも致し方ないところで、随分と関係者の皆様には不愉快な思いをさせてしまったことも度々あった。とにかく相手の人に合わせようと言う気持ちがいつも働いていた。だから正直、お見合いはいつも疲れるものだった。高尚なことを言わなければ失敗しまうとの思いから、好きでもない趣味、たとえば読書とか、クラシック音楽、旅行とかが好きと、無理して格好をつけた。

読書と言えば週刊漫画で、音楽と言えば演歌や軍歌で、旅行と言えば、高校の時の修学旅行で九州に行ったくらいであった。それをあたかも海外旅行にも頻繁に行っていたような顔をしなければならないのだから大変である。オーストリアとオーストラリアを間違って語ってしまい、嘘がバレタ時はきまりが悪かった。相手の方が、ヨーロッパのオーストリアに行った時の話をされたので、私も行ったことがあります、オーストリアのコアラは可愛かったと適当なことを言ったら、コアラは、オーストラリアですよ、それでは、オーストリアの首都は、どこでしたかと逆に突っ込まれ、思わず、ベルリンではと答えたら、それはドイツですよと笑われ、ハイそれまでになってしまった。日独伊三国同盟を思い出し、ヨーロッパの首都と言えば、ベルリンと自然に出てしまったのである。その時は、目の前が真っ暗になってしまった。

お見合いの中で一番驚いたのは、五回目の人だった。紹介して頂いたご夫妻と四人で上野のレストランでお見合いをし、その後、その方と二人で、お話することになった。どこへ行こうと迷ったが、当時流行していたコンパと言うところに行った。店に入ると、八代亜紀さんの歌が流れていた。すると相手の方は席に着くなり、いきなり自分の耳を塞いだ。「どうされました」と尋ねると、「私こんな歌、大嫌い、こんな歌聞くと頭が痛くなる」とおっしゃる。しかし、店内に流れている歌だし、自分ではどうすることも出来ない。仕方なく相手の機嫌をとろうと、「では、どんな歌が好きなのですか」と聞くと、「そう、世良公則ね」と答えられた。ところが、私は、この時、世良公則を知らなかった。「あの、世良公則って、どんな歌手でしたっけ」と聞くと、このお嬢さんは、急に驚いた様子で、「貴方、世良公則を知らないの、遅れているのね」と笑われてしまった。どうも最初から波長が合わない。

飲み物を注文して暫くたって、よくそのお嬢さんを観察すると、何か発言される度に両肘を挙げながら身体を揺する癖があることがわかった。冗談でやっているのかと思ったが、そうではないことが何度も見ているうちにわかった。そのうち、聞きもしないことを自分から言い始めた。「貴方、ところで私の学校の時の成績知っている」と、言うのである。初めて会った人の学校の成績なんか知るはずがない。黙っていると、「あのね、私ねえ、四十三人中、四十一番なの、私より馬鹿がまだ二人いるのよ。私、何が嫌いかと言って、学校の先公とポリ公って大嫌いなのよ。私、ポリ公の女房務まるかしら」この突拍子もない話に、私は唖然として周囲を見回した。当時、テレビで、どっきりカメラと言う番組があって、それではないかと思ったからであった。更に悪い冗談は、まだ続く。「私、煙草吸うのだけれど、チェリーなんかは軽くて駄目ね。私の友達なんか、マリファナで捕って、んだけど、私は、そこまでの根性はないのよ、中途半端なのね」。私は、こりゃ駄目だと思い、「もう帰りましょう」と声を掛けた。冬空には星が輝いていたが、何せ土曜日の上野である。その喧噪の中を暴走族の集団が走り抜けてきた。それを見た、このお嬢さんは、何をおっしゃるかと思ったら、「素敵ねぇ、痺れちゃう」と、奇声を発した。

私は、この、お嬢さんの最後の落ちに、これは、お見合いの帰りではなく、鈴本演芸場の帰りだと思った。飲食代金としての木戸銭が高くついたのが、私としては痛かった。

そんな私にも、やっと春が来てお嫁さんが来た。人は不思議な縁の糸で結ばれていると言うその人は、母親と仲良く暮らしてもらえる方で良かったと思った。

人間、自分のことならば、どんなことでも耐え忍ぶことはできるが、自分以外の人の心の内までは、どうすることもできない。人の心は、その時々の、その人の都合でコロコロ変わる。真面目な人は、コロコロ変わる人様の心の動きに常に気を使って生きている。だから、いつも疲れる。疲れることが嫌いな人は、きっと一人になりたいと、いつも思っている。ところが夫婦となれば、毎日一緒にいることになるのだから、気を使って生きていたら神経が過労となり死んでしまう。だから伴侶は気を使わなくていい人が一番である。親子はましてや、そこに病気の母親が絡むのであるから話は直接でない面が沢山出てくる。私は元来、気を使わない関係であるからいいが、母親と嫁は、私を介しての関係であり、私が気を使わなければ良好な関係を維持することは難しい。ところが、私が、そんなことに、これから数十年気を使うのであれば、私の神経は三日と持たない。そこで私は、最初から母親と嫁との関係に気を使わないことにした。母親と嫁との四十八歳の年齢差も又良かったのかも知れない。母親からすれば、嫁と言うよりは孫のような感覚で、嫁のどんな言動も楽しかったようであった。嫁も又、姑と言うよりは、祖母と言う意識になっていたのかも知れない。気を使わない家庭ほど楽なものはない。仕事場で楽ではないことを毎日しているのであるから、せめて家庭は極楽浄土であらねばならないと私は、いつも願っていた。その意味で、極楽作りをしてくれたこの妻には感謝、感謝の何物でもないと言うのが偽らざる心境であった。

課長から転勤になるぞと言われて、第四機動隊へ異動となった私は、ヘルメットを被るのが仕事であった機動隊は軍隊のような気がして楽しかった。機動隊勤務は、実は二度目である。隊員の時に、墨田区にある第二機動隊に勤務した。第二機動隊での警備出動で印象に残っているものは、昭和四十九年秋の狭山闘争警備と、五十年一月からの連続企業爆破警備である。日比谷公園での、狭山闘争警備は、私が警察官として初めて、極左暴力集団と渡り合った警備であった。この日、日比谷公園を囲むように、三つの機動隊、約千人の部隊が配備されていた。私が居た二機四中隊の六十四名は、隊長命令で、霞門から中に入り、威力配備に就いていた。すると、警備部の幹部と思われる方が巡視に来られて、「この中隊は、ここで何をしている」と、中隊長に質問された。中隊長が、威力配備に就いている旨を説明すると、警備部の幹部は、「ここに居ては危険だから、公園の外に出るように」との指示を我々にされた。そこで、中隊長が、隊長に無線連絡を入れると、隊長からは「それでは、松本楼に向かう通路に入れ」との命令が来た。そこで、四中隊は、木立が生い茂る、その通路に部隊を配備した。日比谷公園で集会を開いていたのは、市民団体千名、中核派八百名、革労協四百名であった。それぞれが、独自に集会を実施していた。集会開始から約一時間後、公園内に居た革労協四百名が、デモ隊形を取り、竹竿をかざしながら我々の方へ向かってきた。道幅は、五メートル、全員が大楯を構え、デモ隊に対峙した。そのデモ隊は、一度我々の前を通り過ぎると、他の部隊の存在を確認したのかどうかは、わからなかったが、いきなり反転すると我々に突進して来た。数十本の竹竿が、大楯を突き、そして、上から我々を竹竿で叩きに来た。それでも、我々の姿勢は崩れなかった。だが、ぁろうことか、市民団体の数百名が、いつ後方に回って来たのかわからなかったが、花壇のレンガを剥がして我々に投げつけて来たのである。ここで、全て革労協と対峙していた中隊の半数が、背面に向きを変え、市民団体と対峙した。そのため、正面の部隊は革労協の攻撃が支えきれず、対峙していた隊員が次々と倒れ出した。倒れれば、身体を上から叩かれるのは当然であった。中隊無線が応援要請の無線を入れるも、混乱を避けるためか、自力で撤退せよとの、命令である。やむなく、中隊は、花壇伝いに、霞門方向へ撤退を図ったものの、途中に駐車車両などがあり、ここでも将棋倒しとなり、竹竿で叩かれてしまった。私自身は持っていた警杖を折られただけで怪我はしなかったが、骨折を含め、二十二名の負傷者が出てしまった。運が良かったことは、中核派が高い金網の向こうで集会をやっていたので、革労協に合流してこなかったことである。

私が知る限りでは、この狭山闘争が都内における極左暴力集団の組織的抵抗の最後ではなかったかと思う。

そして、これからは爆弾テロの時代となるのである。

昭和四十九年八月三十日、この日、二機四中隊は、内ゲバ対策で神奈川県の某大学に居た。すると、昼過ぎ「ドーン」と言う爆発音が聞こえた。何事かと思い無線担当に聞くと、東京の丸の内で爆弾事件が起きたとのことであった。そして直に、丸の内への緊急転進命令が入った。現場に到着すると、まだ硝煙が立ち込めており、高層ビルのガラスが割れて、そのガラスが、まるで雨の様にキラキラ落ちている状況であった。一目見た瞬間、これは半端な爆弾ではないことがわかった。死者八名、負傷者三百七十余名を出した、三菱重工爆破事件である。爆弾事件については、前任の本田警察署でも、家族寮の青戸荘が、爆弾を仕掛けられたことがあり、警備にも就いたことがあったが、青戸荘が爆弾なら、三菱重工は原爆を落とされたとの思いであった。この事件以降も、企業に対する爆弾テロが続き、その爆弾テロを防止するため、丸の内地区を中心にしての、私服による企業警備が開始された。

私は、五十年一月から、エリザベス女王が来日された五月まで、丸の内の富士ビル内にある企業の警備を担当した。何せ警備の対象物は爆弾であり、どこにでも置かれたら、それでお仕舞いである。私は、エレベーター付近を重点的にして警備に当たった。富士ビルと言っても中は広い。誰もいないのに紙袋が置いてあることも頻繁にあり、その都度、随分と肝を冷やしたものである。

大変なのは、会社が休みの土日であった。平日は会社内の待機室を利用させて頂いたが、土日は身の置き所がなかった。ビル周辺の角に立って、警備に当たったが、冬の風は、やはり冷たかった。「東アジア反日武装戦線」これは、犯人たちの組織名であったが、「浅間山荘事件」からの、極左暴力集団は、卑屈なテロリストに変貌していったのである。

事件発生後、「少しやりすぎたかな」とのタクシー内での犯人の独り言が、逮捕に結びついたとも言われている。又、警備に当たった、会社の皆様にも、すっかり親しくして頂き、四年後、私が四機に転勤してからも、寮祭には、この会社の女子社員の方にも来て頂き、寮祭を盛り上げて頂いたことに感謝している。

四機の中隊を半年勤務した私は、やがて寮の監督をする庶務係を命じられた。元気のいい青年達を、事故なく過ごさせることが目的である。勿論、公私全面にわたっての寮員の、お世話をさせてもらう任務である。この時上司から、うちの組織には監とつくのは、お二人しかおられないと言う。どなたですかと私が尋ねると、警視総監と副総監だと言われる。だから、渋井君も寮監だから順番で行くと警視庁の中で三番目に偉いのだと言う。なるほどと思ったが、子供のころから、煽てられて失敗したことは枚挙にいとまがなかったので、内心、その手は食わないとの思いが過った。

しかし、わかっていても煽てに弱いのが私なのである。そこで、ともかく大事な、ご子息を退職に追い込んでは、親御さんに申し訳ないと思い、何はともあれ、職員事故だけは起こさせまいと思ったのである。職員事故と言えば、どこの職場でも一緒で、大体が、酒、金、異性である。交通事故もあるとは思うが、寮員は車を持っていないので、交通事故は指導項目から外されていた。そこで何から始めるかと言えば、当然、全寮員の身上把握である。酒はどれくらい飲むのか、貯金はいくらあるのか、彼女はいるのか、交友関係は、趣味は、嗜好は、些細なことでも何か、悩み事はないか、すべて気軽に話してもらい、そして私がそれをしっかりと把握することが、一番の仕事だった。だが通り一遍の、やり方では寮員が心を本当に開くわけはない。そこで、監督という意識よりも寮員を守ると言う意識で接しようと考えた。週に、一回以上は必ず寮に泊まり込み、私生活を含んでの指導育成に当たった。門限は午後十一時、二棟で七十位ある部屋を回って、泊まり勤務以外の人員を把握する。全員確認できれば問題はないのだが、実はこれからが、大変なのである。

　同じ寮員でも序列があるのである。軍隊と一緒で着隊が半年でも早ければ、いやでも先任であり、後任者は先任の意向に従わなければならない。私生活と言えども序列が変わるわけではない。正門でも裏門でも隊員が二十四時間隊舎警備で立ってはいるが、先輩の午後十一時以降の外出を注意することは事実上できないし、又、告げ口などすれば、寮で苛められてしまう。無理もない。そこで私は、寝ている寮員の確認はできないので、午前三時頃から裏門に立った。午後十一時過ぎに出て行くつわもの達である。一時間や二時間で帰ってくるわけがない。大体帰ってくるのが明け方近くになる。裏門を通らなければ戻れないので、いやでも皆、捕まった。寮監だから立場上、叱らなければならない。しかしここからが大事なのである。叱りつけたところで監督作用は終わるのであるが、ここからが大切な指導育成の分野となる。捕まった寮員は、当然しまったと思い、報告され上司から何らかの処分を受けるのではないかを恐れる。単身で帰ってくる者は、少し心配にはなるが複数で帰ってくる者は、ほとんど飲酒である。単身で帰ってきた者には、寮監室で、いろいろと事情は聞いたが、複数者には、今回だけは見逃してやるが、次に又同じことをやれば、必ず報告するからなと釘を刺した。

「すいません、ありがとうございます」と、可愛いいものだった。一度、規則を破った者は、流石に二度と規則は破らなかった。そして寮での宿直の翌朝には、宿直報告を上司にしなければならない。この際には、必ず昨日は異状ありませんでしたと報告するのが鉄則なのである。報告される方にしても、昨日は異状がありましたと言われても困るのである。「何だって」の話となって、余計な時間がかかるだけで誰もが迷惑する話となるからである。上司にとって有難い部下とは、正直なところ、何か色々あっても、うまく対応してくれて上司に責任を及ぼさない人を指すのである。監督責任は、上司に報告がなかったとしても、上司には責任論は生じるであろうが、報告を受けてからの対応を誤った監督責任とは雲泥の差となる。

ところが、今の時代は、良いことなのであろうが、どんな些細なことでも、皆、悪く表現すると、御身大切の責任転嫁の原則で、話がすぐトップにまで行く。トップまで行けば、すべての人に知れることとなり、当然、四角四面の対応となる。それでいいと言う人もいるであろうが、どうも世の中全体が重箱の隅まで問題視するような風潮に思えてならない。それは重箱の隅のことでも、確かに問題ではあろうが、所詮、生身の人のすることである。決められたことを決められた通りだけなら、法律さえあれば、それで十分ではなかろうか。

ところが人には情と言うものがある。法律と情と、どちらが大切かと言えば利害打算を捨ててしまえば、情のはずである。職場をたとえ首になっても、この人を助けなければと思う時、報告など間違っても、できない場合もある。無論、組織にとっては、許されない行為である。

しかし、仮に他人に迷惑をかけた話であっても、示談以前の示談が可能であるならば、示談前示談にしてあげたいと思うのも人の情である。法律と教育の違いが実はここにある。完璧な人には教育は不要である。しかし、完璧な人は少ない。過ちに大小の差はあろうが、過ちを基本にして教育が生まれる。仮にも些細な過ちで人生を棒に振らしては気の毒である。部下を守るのも上司としての当然の責務である。だからこそ、部下も又、上司を守ろうとしてくれる。この相互の信頼の絆、それが組織を、より一層強くする。だから、私の報告は、いつも異状なし、だった。

寮監室は、第一青葉寮の二〇一号室にあった。新隊員は、春と秋に、それぞれ三十名程入隊して来る。寮監は新隊員の身上把握の意味で、新隊員訓練には一緒に参加した。指導は隊の技術係で行うが、新隊員が中隊配属前に、公私にわたって接触するのが私であった。

お陰で新隊員の皆さんにとっては、私は神様みたいに映るようで入寮させてから、新隊員全員が、寮監室に挨拶に来た。別に手土産を持ってこいとは言わないのに、全員が酒やウィスキーを持参して挨拶に来た。せっかく持って来て頂いたものを返すのも変だと思い有難く頂いておいた。だから、春と秋には寮監室の床には、毎回三十本以上の酒やウィスキーが並んだ。

ところが実は、私は下戸なのである。子供のころから酒を飲むんだったら水を飲んだ方がおいしいと感じる方で、その結果、酒は一本も減らなかった。ところが世の中と言うのは、よくできたもので、その減らないはずの酒やウィスキーが、一日一日と減って行き、新隊員の入寮後、一週間位でなくなってしまうのであるから面白い。何のことはない、先輩寮員が、寮監室に侵入して持ち出していただけのことであった。本来なら窃盗事件として被害届けを所轄の警察署に出さなければならない話であったが、私は、弟であると思う寮員は、親族相盗例に該当すると思い、あえて被害届けは出さなかった。

春の入隊後は、桜の咲く良い季節となる。市ヶ谷付近の桜も本当に綺麗で、嫌でも花見がしたくなる。そこで寮員を連れて休日の夜桜見物となる。花見につきものは酒である。

土手に茣蓙を敷いての数十人の宴が、ここに始まる。酒がまわり宴が盛り上がれば、歌が始まる。こんな場所では湿っぽい歌は出ない。靖国神社も近いせいか、やはり同期の桜が最高の盛り上がりを見せる。昭和二十年の沖縄での特攻作戦も桜の季節であったことを思い出し、機動隊には、やはり軍歌が一番ふさわしいと、私もこの時、フト思った。それから元気の出る歌を皆で何曲か歌い、若い人のストレスを発散させた。しかし、盛り上がりも適当なところで締めなければキリがない。約二時間ばかりの夜桜見物もこの辺で終わることにして、全員を帰寮させたのが午後九時頃だった。

それから、一時間位経ったであろうか。ある中隊の副寮長が、私のところへ飛んで来た。どうしたのだと話を聞くと、ある寮員が部屋で血反吐を吐いていると言うのである。驚いて、その寮員の部屋に入ると敷布団が血の海である。救急車をすぐ要請し警察病院に搬送して頂いた。医師から事情を聞くと、急性アルコール中毒と言うことで、早急にアルコールを体内から出さなければならない。尿道に針の管を入れ強制的に尿の排泄処置をして頂き何とか難を逃れることができた。急性アルコール中毒は、死に至る場合もあると言うことで、私も、監督責任を感じざるを得なかったし、花見の怖さも痛感することになってしまった。翌朝、上司に報告し注意を受けただけで、寮員が大事に至らなかったことに安堵した。レク活動と言っても安易な気持ちではダメだと言うことが良くわかった。

レクと言えば、亀有警察署での一泊旅行を思い出した。伊豆の温泉場に電車で行った時の思い出である。長谷係長さん推薦の旅行会社に依頼したままでは何でもなかったのだが、そのホテルに行ってからトラブルの連続となったのである。まず、五人部屋に入り風呂へ行こうと思ったら、五つあるべきタオルが四つしかない。電話でタオルが一つないことを伝えたのだが、係の女性は、五つあったはずと言って、持って来てくれない。すると、隣の部屋でも大きな声がするので何かと思ったら、トイレにトイレットペーパーがなく、それも、あったはずと言って、持って来てくれない。私が、トイレの中を見ると、手についた便を壁に拭った様な跡がある。更に、その隣の部屋でも、同僚が怒っている声がする。何だと思い見に行くと、お客の泊まる部屋にもかかわらず、職人がいて部屋の壁塗りをしているのである。これでは、お客が怒るのも当たり前である。何しろ会費は三万円、長谷係長が家庭的なホテルとは説明してくれてはいたが、これでは旅行会社と係長が癒着している位のことは、すぐにわかる。同僚の話を聞くと旅行会社と言っても、夫婦二人でやっているらしく、オヤジが社長で添乗員として同行している。ホテルの従業員も少なく、副社長が送迎の運転手をしているのを見れば、大体想像はつく。従業員とは名ばかりで、その実態は、家族五人でやっているホテルだったのである。売店にいた女が花笠音頭を踊りに来ている位だから、タオルが足りないからと言って、持ってきてくれるわけがない。そして、もっと驚いたのが夕食であった。伊豆のホテルなので、さぞや海の幸がふんだんに出るかと思ったら、大きなお皿ではあったが、お刺身が横になっているのである。河豚の刺身なら横でもわかるが、鮪の刺身で横になっているのを見るのは初めてである。酒も飲み放題と言うことで、皆楽しみにしていたようであったが、どうも味が薄い。酒が好きな人には、そんなことはすぐにわかる。水も少しぐらいならわからないだろうが、半分近くも入れれば馬鹿でもわかる。本当に水商売にも程があると、私も呆れてしまった。しかし、お巡りさんの旅行で暴れるわけには行かない。そこで、帰りの電車の中で旅行屋の、このオヤジを締め上げることに決めた。

電車が長いトンネルを抜けたとき、私は、添乗員の社長を呼んだ。そして係長にも聞こえるような声で、会費三万円の中身を社長に問い質した。社長はバツの悪そうな顔をしながらも説明を始めた。そこで、私は、家庭的であるのとサービスの悪さとは違う、三万円の団体旅行にしては内容が悪すぎると不満を社長に述べた。周りにいた同僚の視線も皆、社長に注がれていた。重圧とは、このことを言うのであろうか。値段が高いとも安いとも言わないのに、社長は「わかりました」では、皆さんに五千円ずつお返ししますと言うのである。すると一同が、どっと笑った。五千円返すくらいなら、最初から二万五千円の旅行にすればいいものをと誰もが思ったからであった。係長が電車の中で寝たふりをしているのが可笑しかった。

熊本さんや秋田さんのような人が、この旅行に参加していれば尚ハチャメチャになっていたかと思うと、少し残念な気がした。とにかく、私も未だかって、この二人以上の人物には、お目にかかったことはなかったからである。伊豆の踊り子号の中、東京駅までの残された時間、二人のことを又思い出していた。まずは熊本先輩である。年の瀬になると、臨時警戒がある。これは通常の勤務とは別に、夜間終電近くまでの間、防犯を目的としたパトロールを実施する。係長が、臨時警戒の編成を発表すると熊本先輩が手を挙げて、私は出られませんと言う。何でだと係長が聞くと、年末に田舎に帰りますと言う。いつからだと、聞くと、十二月十六日から一月十五日までだと答える。すると、係長は、怒りだし、熊本には、そんなに年次休暇が残っているわけがないだろうと突き放す。それでも熊本先輩は、涼しい顔で、あの、来年の年次休暇の前借りと言うのは、できないものでしょうかと、信じられない話をする。万事、この調子で、馬の耳に念仏であった。

秋田先輩は、誰かに似ていると、よく考えていたら、関西のコメディアンでいらした、石井均さんの様な感じだった。隣の交番にいらしたのだが、ある日、突然電話で、直に来てくれとのこと。どうしたかと思い秋田先輩のところに行くと、手錠を外してくれと言うことであった。どうしたんですかと尋ねると、いや、手錠を自分の手でいたずらしていたら、かかってしまって外れなくなったと言うことであった。ところが、秋田先輩の手錠は年代物で、私の持っている手錠の鍵では合わないのである。困った挙句、自分の同期生が隣の警察署でパトカーに乗っているのを思い出し、その同期生にパトカーで来てもらったのである。何事があったかと思い、その人がパトカーで「秋田どうした」と、駆けつけると、両手を差し出し、「手錠外してくれ」であった。その雰囲気が、石井均さん、そっくりだったのが印象的であった。

そんな昔話に浸っていると、やがて列車は東京駅に到着した。伊豆の踊り子を訪ねての旅であったが、踊り子まがいの人は、ホテルで花笠音頭を踊った売店の人くらいであった。他愛もない旅行であったが、五千円を取り戻す談判に疲れて、家に帰ると風呂も入らずに寝てしまったことを思い出していた。いつも、こんな調子で、深い意味のあることは何もなかったのである。

昭和五十四年十月に着任して以来、数多くの警備出動も経験した。庶務係の寮監だったので、警備は隊長指揮となる場合だけ出動した。副隊長以下での警備出動は無かった。その点が、隊長を警護する、柔剣道の先生方と一緒だった。先生方と隊長伝令と私が、いつも隊長指揮の警備を共にした。しかし、その際、私は隊長無線を持たされた。無線は警備係が全体を統括して対応する。そして、回数は少ないが隊長に直接連絡してくる無線がある。これが隊長無線と言われるものである。私は、好きなことを言うのは得意だったが、無線となると、無線としての形式があり電話で話すようなものではないのである。それに各種、警備上の隠語もあり、実際は、聞いていてもよくわからないと言うのが私の本音であった。警備係と隊長伝令に、それを心配して、「俺に隊長無線をやらして大丈夫なの、何か失敗しても知らないよ」と逆に、問いかけた。すると、隊長伝令の本間君が、「渋井寮監、何か無線で聞かれたら、四機隊長了解とだけ言っておけばいいのですから、それで十分です」と言う。ところが、実際に警備現場に行くと、当たり前の話ではあるが、四機隊長了解だけでは済まないのである。隊長の方から、私に警備部へ報告する内容を色々と言われるのである。勿論、私のことだから適当に無線を入れるのだが、隊長は、自分で大事と思うことは念を押してこられるのである。「入れたね、入れたね」と何度も言われるので、私は、何を入れたのか、自分でもわからなくなり、その都度「はい、入れました」といい加減に答えるしかなかった。本当に今でも隊長には申し訳なかったと思っている。

そんな中での一番の失敗は、防護服ではなく制服でのデモ警備での話である。警備実施に当たる場合は、必ず全体での警備会議が開かれる。その日は、新宿地区の警備であったが、私は当初この警備に出るはずではなかった。しかし、その日、隊長無線を担当するはずの警備係員が急に都合が悪くなり、そのお鉢が私に回ってきた。ところが、私は会議に参加していないので、内容がまったくわかっていなかった。

やがて、四機部隊が新宿駅に到着して、それぞれ配備についたところで、デモ隊到着まで若干の空白時間が流れていた。

そんな折、新宿東口の伊勢丹付近で、私は何気なく隊長に「デモ隊は、どっちから来るのでしょうかね」と、うっかり尋ねてしまった。隊長は、私の質問に、驚いた様子で「君は何を言っているのだ」と、お叱りを受けてしまった。まさか、「警備会議に出ていませんでしたので」と説明するわけにもいかなかったので、直に「どうも済みません」とお詫びをした。
隊長は、デモ隊が、どこに居るのかも知らないで警備に当たる、私の神経が、きっと信じられなかったのだと思われる。叱られて当然の出来事であった。

制服の警備と言えば、新しく着任された隊長も機動隊が初めての方で、隊長指揮の制服の警備出動で短靴を履いて全部隊が集合した隊庭に出て来られた時は驚いた。機動隊の勤務は、すべて編上靴で、隊舎内での勤務以外は必ず編上靴である。ましてや警備出動である。隊長も朝礼台に上がられてから、それに気がつかれた様であったが、全員、笑うわけにも行かず、何だか、隊長に恥をかかせてしまった様な気がして、私も「申し訳ありません」との心境になってしまった。どんな組織でもそうだが、トップに恥をかかせるのは、補佐役の配慮が足りないからであり、それを隊長伝令、一人の責任にしてはならないと思った。

副隊長も皆さん立派な方ばかりだったが、私が寮監になってから着任された副隊長は、警備出動の時間が早い時には、よく私と一緒に寮監室で泊まって頂いた。
副隊長が着任された時に、「副隊長さんは、どちらのご出身ですか」と私が尋ねると、「関門海峡」と言われた。私は咄嗟に「ああ、青森県ですか」と言うと、副隊長は、笑って行ってしまった。庶務係の上司から「青森県は青函トンネルだよ」と言われ、関門海峡は福岡県と気がついた。子供の時から、旅行などあまりしたことがなかったので、関門海峡と青函トンネルの区別がつかなかったのである。でも、こんな私の馬鹿さ加減が気に入ってくれたのか、それから副隊長は、新宿区余丁町にある、「抜弁天」近くのスナックに、よく私を誘ってくれた。この店で私が、村田英雄さんの、度胸千両入りの「無法松の一生」を歌うと、福岡県出身の副隊長は、いつも手を叩いて喜んでくれた。これが、副隊長との一番の思い出である。

庶務係には、家族持ちの病気の隊員がいた。病気と言っても精神的な病気で、何が原因で病気になったのかは、よくわからなかった。その彼が、ある日、急に大声で怒鳴り出すと、そのまま家に帰ってしまったことがあった。精神を安定する薬は飲んでいるようであったが、この種の病気は当時、先生も問診だけで判断しているような様子であった。私も、先生に、お会いして、お話を伺うと、一度病院に入院して治療した方がいいのではないかとのことであった。

四機幹部の意見も入院治療させた方が良いとの結論となり、本人と本人の奥さんと私が相談した結果、青梅市にある病院に入院することが決まった。

それから、一週間後、私は面会を兼ねて入院中の状況を把握するために、その病院に向かった。駅からタクシーに乗ったが、三十分位は走ったであろうか。

病院に着くと、一階受付で面会の手続きをし、一階の待合室で、係の人から案内されるのを待っていた。待合室には、色々なものが掲示され展示されていた。掲示されていたものは、同じような系統の病院との、病院対抗ソフトボール大会の勝ち上がり表であった。この病院は結構いい線まで勝ち上がっていた。展示されていたものは、「患者さんの作品展」と表示されていて、金賞、銀賞、銅賞などが、それぞれに付けられていた。絵画あり手芸あり工作物ありで、見事な作品も多かった。作品展を見ていると、この待合室に居られた一人の男性の患者さんが、新参者と、わかるのか、私に話しかけてきた。

「貴方も悪いのですか」。いきなり、「貴方も悪いのですか」と聞かれて、この病院に居て、患者の人に、悪くありませんとも言いにくくなり、「ええ」と答えてしまった。すると今度は、「いつ頃から」と聞かれた。困ったなと思ったが、この患者さんの意に沿った説明をしなければと思い、「いつ頃からかは、よくわかりませんが、この二、三か月前から具合が悪いのです」と言うと「そうですか、それは心配ですね、でも、薬だけは飲んでいた方がいいですよ」と、親切に教えてくれた。この人は、私のことを心配してくれているのだと思い、「どうも有難うございます」と、お礼を言った。

そんな会話をしていると、病院係員の人が私を彼の所へ案内してくれた。彼は痩せてはいたが、元気そうだった。腕に打たれる大きな注射が、私の脳裏に強く残った。何しろ、奥さんや、お子さんが居られるのであるから、早く病気を治して職場に復帰してほしいと願うばかりであった。そして、この様な病気に苦しむことのない世の中が生まれることを念じながら、私は、青梅駅に向かってタクシーを走らせていた。

そんな私の、庶務係の生活も二年が過ぎていた。機動隊と言う所も、いつまでも居られるわけではない。隊長から、今度は警察学校の先生をやってみてはどうかとの、お話を受けた。良いも悪いもない。組織の世界は、「長いものには巻かれろ」が鉄則である。嫌ですと言えば、人事権は上司にあるわけで次は何処へ飛ばされるかわからない。警察学校と言えば尚、栄転である。一般的には、警察組織の中でも、人事、教養、企画が良いポストだと言われていた。勿論、私の頭の中では、そんな計算が働くわけもないが、真面目に寮監勤務をしたと、隊長が評価してくれたことが嬉しかった。転勤先は、警察官を再教育する第二教養部であった。転勤に際して、百七十人位居た寮員から、約百万円近くの餞別が集まってしまった。各中隊の副寮長が気を利かして、一人、三千円以上と取り決めをしたらしかった。私が知らないうちにしたことだから仕方がない。隊長から、俺でもそんなに集まらないと皮肉を言われてしまったので、本当のことは言わなければ良かったと反省した。

しかし、この百万円を懐に入れたのでは男がすたると思い、寮への記念品代と送別会で全部使ってしまおうと考えた。新宿での一次会が終ると、寮役員等三十名余りを連れて新宿のキャバレーへと繰り出した。何せ機動隊なので坊主頭も多く体格も良いので、ホステスの皆さんも、どこの素性の悪い連中が来たのだろうと思っていたはずである。キャバレーでの二次会が終っても、酒に酔い交通量の多い新宿の街に出るのであるから、車と接触しそうになる。一人の寮員が車の男と口論になった。すると、後輩の寮員が、「組長止めて下さい」と止めに入った。

すると、車の男は、激昂していたのにもかかわらず、急に、「どうも済みませんでした」

と謝り、脱兎の如く車に乗り込むと逃げて行ってしまった。何のことはない。後輩寮員の組長止めてくださいの言葉を、この男は勘違いしたのである。機動隊には、分隊ごとに組長がいて、普段から組長と呼んでいるので、自然と組長との言葉が出ただけのことなのである。どこかの組織の組長と勘違いしてくれたことが、トラブル防止に繋がったと思うと、災いと福は紙一重のところに存在すると、私は改めて思った。それにしても、金を使って寮員に事故を起こされては、泣きっ面に蜂になるので、今夜の男気の出し方には、少し反省せざるを得なかった。キャバレー内で乱闘騒ぎにでもなったら、マスコミでも有名になってしまい、隊長にも申し訳ないことになる。今夜のことは楽しかったことだけとし新宿の街を後にした。

第五章　先生としての記憶

その一

先生としての記憶　その一

昭和五十七年三月、桜ほころぶ季節に警察学校に転勤となった。

子供の頃から先生に怒られてばかりいた自分が、まさか先生になるとは思いもよらないことであった。寮監の時は、単に若い人の世話焼きのつもりで過ごしてきたが、警察学校となると曲がりなりにも教育者としての立場になる。そんな立派でもない自分に偉そうな話ができるわけがないと内心不安であった。警察学校の先生で来た人ばかりだから当然皆さん優秀な人ばかりで私みたいにリラックスした感じの人はいなかった。第二教養部には七人の助教が配置になり部長から担当科目と担当教場が言い渡された。私の担当科目は国語であった。中学生の時、零点を取った思い出が脳裏をかすめていた。各科目の指導教本は備え付けられてあるので、それを基にして授業は行えば良いのであるが、それを覚えるだけでも大変な作業となった。最初の担当教場は西町教場で、西町教官は刑事関係の科目を担当されていた。第二教養部は、入校前後の二週間と卒業前の一週間は戦争状態と思える程、忙しくなる。

当時は、年四期入校してくるので、戦争は年に四回あると言うことだった。警察学校の寮に入れての教養となるので、二十四時間体制の指導教育が実施される。しかし、警察署で実務を一、二年経験している諸君なので、初任科教養のように無垢の学生ではなく、いささか素直ではなくなっている。成長した証拠と言えばそれまでだが、警察組織では、つまらぬ理屈を並べたてられては組織が立ち行かなくなり国民に対しての奉仕を迅速に行わなければならない大原則がある以上、組織の命令に際しては右向けと言えば素直に右を向いてもらわなければ困るのである。警察官の基本としての焼きが回らないうちに再度焼きを入れる、それが第二教養部の任務ではないかと私は思っていた。

担当が国語と言っても、一般教育であるところの国語ではなく、警察実務に繋がる国語の授業なのである。警察官は面前で書類を作成しなければならず、その警察書類を迅速的確に作成させることを目的とした科目なのである。それは単なる漢字の書きとりばかりでなく、法令用語の読みや意味、起案文の作成要領、各種報告書の作成要領などが主たる内容の科目であった。大体一時間の授業をこなすには三時間位の予習が必要で、何しろすべて初めての経験であったので最初の学生を担当した時がやはり一番大変であった。しかし、ながら、私、以上に優秀な学生は沢山いるわけで、質問されても答えられない場合も多々出てくる。そんな時には、「必ずこの次までには調べておくから勘弁してくれ、とにかく俺にあんまり恥をかかすな、直に答えられる位なら、とっくに、もっと偉くなっているはずだから」と開き直って見せた。すると学生は、先生のいい加減さに呆れたのか、いつも、どっと笑ってくれた。

機動隊の新隊員も先輩に気を使わなければならないので大変だが、警察学校の新任職員も実は大変なのである。第二教養部の教官室は一か所で職員は教授、係長を含めて三十二名であった。新任であるので、午前八時半始業開始ではあるが、毎日午前七時前には出勤して来なければならない。午前七時に出勤して何をするかと言えば、まず寮に出向いて学生の健康管理のチェクである。発熱している学生がいれば、校内休養をさせる手続きをしなければならない。寒い季節や風疹時期は、特に学生の健康管理は重要だった。寮巡視を三十分位で済ませ再び教官室に戻り、今度は出勤された先任職員の皆さんに、お茶を入れなければならない。第二教養部では第一教養部の様に当番学生に、職員の、お茶を入れさせることはない。だから新任の職員が、お茶入れをする。ところが正直、着任したばかりの頃だったので、三十名近くの職員の名前と顔を、しっかりと覚え切れていない。湯呑の裏には名前が書いてあるのだが、職員の顔がわからない。そこで私は、お茶入れ場所の壁に教官室の座席表を貼り付けた。ところが、どこにも意地が悪い人はいるものでその職員の座席表を剥がされてしまった。そして、その意地の悪い人に、「早く顔位覚えろ」と一喝されてしまった。とにかく新参者は、どこの社会でもいつも大変なのである。

一回目の学生を卒業させて、二回目の学生を持っていた七月頃、職員による水泳記録会が行われるとの話を、意地の悪い人から受けた。何でも、庶務部、一部、二部、三部の各部対抗の水泳大会と言うことである。そこで前もって出場する職員の水泳タイムを計ると言うのがその目的であった。水泳など得意でない私にしてみれば、他人ごとのような話だったので何の感慨もなく聞き流していた。ところが、どうもその意地の悪い代表助教の話では他人ごとではないのである。とにかく、着任の新しい職員に出てもらうと言うことで、泳げようと泳げまいと、唯出ればいいと言うことだった。五十メートルの自由形、平泳ぎ、背泳ぎに、それぞれ二名ずつ出てほしいとの説明であった。私は、驚いてとても五十メートルは泳げませんと言うと、途中で歩いても大丈夫だから、などと適当なことを言う。この雰囲気は、もはやとても断れる状況ではなく、とうとう最後には五十メートル平泳ぎに出場することを了承してしまった。そして、もう一人不安そうな顔をしていたのが、伊豆助教であった。伊豆助教は五十メートル自由形に出るように言われ、本当に困惑したのが良くわかった。しかし、どうにもならないものはどうにもならない。とにかく残された僅かな期間ではあったが、水泳の練習をするしかなかった。でも元々疲れることが嫌いの私に進歩があるはずはなかった。

とうとう第二教養部の職員記録会の日が来た。気が重い中、水泳パンツ姿で学校内のプールに行って驚いた。二部の教官の皆さんがストップウォッチを持って、各コースにいるのは記録会だから当然としても、二部長どころか、学校長以下、学校幹部が全部見に来ているのである。これでは、出ればいいどころの話ではなく、途中で歩こうものなら懲戒の対象になってしまうような気がした。嫌な予感は的中した。まず伊豆助教の五十メートル自由形であったが、良かったのは飛び込んだ時までで、スピードがないのは当たり前として、事もあろうに、伊豆助教は、どうやら目を閉じて泳いでいるらしく、隣のコースに入ってしまっているのである。その本来のコースの木村助教は早いので二十五メートルをターンしたところで、二人が、ぶつかると言う珍プレーが起きてしまったのである。当人同士も驚いたであろうが、見ていた学校幹部が驚くのが、よくわかった。二部長としても立場がなくなり、ストップウォッチを持った教官の皆様もオロオロするばかりであった。そして極めつけが私である。平泳ぎであるので、伊豆助教のようにコースを間違うことはないが、何せ進まないのである。二十五メートルを泳いだところで、溺れそうになり、思わず足がプールの底に着いてしまった。しかし、これでは懲戒処分の対象になると、残された力を振り絞り、もがきにもがいて、ゴールを目指した。記録会などとストップウォッチを持っている教官の顔もしらけ鳥が飛んでおり、何せ、もがいている私も、この大会は一体何だとの思いにもなっていた。学生が見ていないのが、せめてもの救いであったような気がした。

とにかく、良かったことなのか、悪かったことなのか、それはわからなかったが、これ以降は、二度と職員水泳記録会は行われなくなったようであった。

警察学校では、試験のある科目は座学の他に、術科と体育があった。術科は、柔剣道、逮捕術、教練、救急法、拳銃等があり、教練を除き担当以外の職員が教養に当たっていた。体育も、体育大学出身の職員が担当をしていた。女性警察官は、柔剣道ではなく合気道を選択しても良かったが、男性警察官は、柔剣道のいずれかを選択しなければならなかった。

　警察官になる学生だから、当然、高校、大学で柔道部、剣道部に在籍していた者も大勢いた。私も、学生の手前、水泳大会で溺れたことなどを話すわけには行かず、高校では一年間しか柔道部に在籍していなかったにもかかわらず、高校の柔道部では選手として東京都の大会にも出場したことがあるなどと、適当なことを学生に吹聴していた。しかし嘘をついていると必ず報いは来るもので、その日がついに来てしまったのである。週に一度は、その期の朝稽古が、午前七時から行われる。職員も、それぞれ柔剣道着に着替えて道場に出なければならない。道場にいるのは担当の学生ばかりでなく他の教場の学生もたくさんいる。柔道着の右胸には名前が縫い付けられていて、そこには赤マジックで、初段は赤線が一本、二段は二本と線が引かれている。ところが私は、普段は眼鏡をかけているので、その線がよく見えるが、柔道の時は眼鏡を外すので、近くでなければ、その赤線の数は見えない。だから、お願いしますと学生が身近に来て初めて、その赤線の数がわかる。いつも、その点に気をつけて、無印の学生とか、精々赤線二本までくらいの学生を選んで稽古をしていた。だが、その日は学生の数が多かった。数回の乱取りが終って直に次の学生が、お願いしますと前に来た。そして双方右に組んだはまでは良かったものの、私は、学生の赤線の数を見て、嫌な予感がしてしまった。赤線の数が四本なのである。これは間違いなく、大学柔道部出身の四段である。しかし、今更止めようとも言えないので、何とか投げられまいと、左に組み手を変えるなどして防御の姿勢を取ったりした。

しかし、そんなことぐらいで、防げるものではなかった。やがて右からの強烈な背負い投げが来て、あっと言う間に右肩から叩きつけられてしまった。一瞬、右肩に違和感を覚え、やってしまったことを確信した。だが、学生に泣き顔や痛みを見せるわけにはいかない。我慢をしながら、朝稽古が終ると、学校の診療所に行き湿布薬だけ頂いて来た。肩が痛いばかりでなく右腕も上がらなくなっていた。「肩鎖関節亜脱臼」である。朝稽古と言っても公務である。公傷手続きの範疇に入る出来事ではあるが、学生に投げられて怪我をしましたでは、いささか格好が悪いし教育上にも良くないと思い、怪我をしたことなど上司に報告しなかった。それから一週間が辛かった。下着がうまく着られないのはともかくとして、敬礼が出来ないのである。職員の皆さんは、状況は理解されているので問題はないが、学校には二部を含めて、二千人近くの学生がいる。すれ違えば皆、敬礼をして来る。それに対して答礼をしなければ、何だと言うことになる。そこで、校内でも木陰などの裏道を通るようにした。それで敬礼の回数は半減したが、それでも無理をしてする敬礼には痛みが走った。

柔道が強いなどと学生に虚勢を張った付けが回って来たのだと反省するしかなかった。

お茶入れ、不慣れな授業、水泳大会、脱臼と、適度な苦労をして来た私も段々と先輩格になっていた。中堅の上くらいの頃、二番目の子供が生まれた。今度は女の子であった。あんまり可愛かったので、可愛い、可愛いと学校で言うものだから、ある日、ロッカー室で、「渋井さん、自分の子供は誰でも皆、可愛いいのですよ」と後輩職員がたしなめるような事を言うので、「それでも特に可愛いのだ」と大きな声を出したら、ロッカー室が静かになってしまった。まずかったかなと思ったが、言ってしまった以上、訂正するのも変なので黙っていた。二部の職員室は一つだったので、大方の職員が三千円ずつ、お祝いをくれたが、二人の教官だけくれなかった。別に欲しいとは思わなかったが、内祝いを返さなければならないわけで、皆さんの机の上に、タオルセットを置く手前、二人だけ無いのも不自然だと思い、二人の教官に、「あのぅ、子供が生まれましたが、まだ、お祝いを貰っていないのですけど」と話に行った。二人とも驚いた様子であったが、二人が相談したらしく、二人で五千円を祝い袋に入れて持ってきた。五百円ずつ浮かすところなど、中々やるなと思ったが、内祝いのタオルセットは一種類しか用意してなかったので、不公平なような気もしたが、全部の職員にお返しをした。まさか、お祝いは三千円ですとも言えなかったからである。しばらくして、請求された教官が家に帰って奥さんに話したらしく、学校には宇宙人みたいな人がいるのね、と言っていたことを教えてくれた。宇宙人と言われようと、私にしてみれば、可愛いものは可愛いいだけのことであった。何のことはない、ただの親馬鹿が徹底していただけのことである。

この頃の警察学校の教室には冷房が入っていなかった。真夏になると室内温度が学生の体温の温度も加わるので、三十七、八度になる。午後の授業で学生が眠くなるのも仕方がなかった。ノートを取る学生のノートが汗で濡れるのがよくわかった。柔剣道の後などは、満足なシャワー施設もなかったので、本当に汗びっしょりで授業を受けていたものである。担当は、男性警察官ばかりであったが、授業は女性警察官も受け持った。この中には、都内の区長になられた女性も居られた。お父さんが議員をされていることは知ってはいたが、後で、やはり蛙の子は蛙になるものだなと思った。女性警察官は皆、優秀ではあったが、実は盛夏時の女性警察官の授業で困ることがあった。それは、やはり居眠りである。特に前列正面付近の学生に居眠りをされると困るのである。自然なことかも知れないが、スカートの足が開いてくるのである。学生とは言っても、警察実務を二年位は経験して各警察署から来ている成人の学生である。まさか挑発しているとは思えなかったが、豊満な太股と中の下着まで目に入る。一瞬、目のやり場に困り視線を逸らすと、それが周囲の学生にも、その意味がわかる。女性職員なら、股を開くなと注意も出来るが、男の職員が、その注意をするとセクハラの感も否めない。せいぜい居眠りはしないようにと注意をする程度である。中には、私が、目を逸らした意味を知ってか、下を見てクスクス笑う学生もいる。人の弱みにつけ込んで笑うとは何事かと思ったが、顔が少し赤くなるのを自覚しながらも、ポーカーフェイスを装って、淡々と授業は続けた。

一期概ね、二か月余の教養期間であったが、学校行事には野外訓練、バレーボール大会、ランク別駅伝大会、柔剣道大会があった。その他に秋に入校してくる学生には、学校全体で体育祭と学校祭がそれぞれ行われた。野外訓練は入校後、直に行われるもので、A班、

B班で二回に分かれて、六教場ずつ観光バス六台で、相模湖ピクニックランドで実施された。これは、分り易い話が、バーベキュー大会の遠足であった。これを実施するとクラスにまとまりができる。張り詰めてばかりいると糸は切れる。適度の緩みや遊びは、いかなる組織と言っても必要なことではなかろうか。

次に行われたのが、バレーボール大会である。これは、大学、高校でバレーボール部いた学生が多くいる教場が何と言っても強い。一人では勝ち抜くことは難しいが、二人いれば何とか勝負にはなる。拾ってもらって、打ち込んでもらえばいいのである。強烈なスパイクは素人の学生に拾えるものではない。大学のバレーボール部が二人居たときは圧巻であり、まるで二人だけで優勝したようなものであった。優勝祝賀会を教室で行うことになるのだが、自腹で全員のジュースや、お菓子を買わなければならないのが、少し痛かった。しかし、全員で喜びを分かち合う、これも大切な教育なのである。

中間期の少し後で、ランク別駅伝大会がある。ランク別って何だと思われるかも知れないが、学生の体力を平等に訓練評価するためには、一番良い方法ではなかったかと思う。人は、生まれながらにして体力にも差がある。足の遅いものは、いくら努力しても限界があり、循環器強化の努力にも、やはり限界がある。だからと言って、駅伝の得意な者にだけクラス対抗で競わせるのでは、教育の普遍性の原則に反することになる。そこで、クラス全員の千五百メートルのタイムを、それぞれ、A、B、Cに分け全学生参加の駅伝大会となる。Aランクで優勝しようと、Cランクで優勝しようと、同じ優勝には変わりはない。各クラス、一位から三位までが表彰される。表彰の枠は全部で、九つあるわけであるから、どのクラスも一つでもいいから取らねばと言う思いになる。朝夕の自由時間を利用して、それぞれのクラスが自主トレに励む、職員のストップウォッチを握る手にも汗がにじむ。これがランク別駅伝の長期戦物語となるのである。それぞれのランクで各クラスとも十名以上の学生が走るわけであるから、一人ぐらい箱根駅伝出場のエースがいても勝てるものではないところが面白い。全部のランクが一緒に走るのである。十二教場で、三十六名の学生が常に、狭い学校内を走っているのである。箱根駅伝のエース達は、あっと言う間に、二、三十人の学生を小気味よいほどに抜き去ってくるが、その喜びもつかの間で、順位が又、元に戻ってしまうのである。担当職員達の一喜一憂の表情を見ている方が、寧ろ楽しかったのを覚えている。そして、夕日が沈むころ現補（現任補修科）広場での厳粛な表彰式で幕を閉じるのである。

卒業間近でのメインイベントが、柔剣道大会である。これは全員参加ではなく各クラスで、それぞれ柔道、剣道の選手を選抜しての大会である。各クラスの強い選手はわかっているので、後はクラス内での組み合わせが勝負となる。出場させる位だから、皆、ある程度の勝負はできるのではあるが、その中でも、捨て駒はきちんと捨て駒にしないと、絶対に勝てる選手を負けさせてしまっては、とても勝負にならなくなる。相手クラスの選手順がピタリと当たれば、一番いいのだが、そうそう当たるものではない。私は運が良かったのか、最初に担当させてもらった教場で、柔剣道とも優勝してしまった。確率、二十四分の一の離れ業である。過去にも、両方優勝したのは聞いたことがないとの話であった。この時は、柔道は選手を見て、そこそこ、勝てるのではないかと思ってはいたが、まさか優勝とは思ってもみなかった。

ましてや、剣道はさほど期待していなかったのだが、接戦の末、代表選で副将の黒石巡査が優勝を決めてくれた。そんな黒石巡査との思い出を振り返ってみた。学校は全寮制ではあったが、土日は外出をさせる。全寮制とは言っても、二部は、実際は第一線警察官の集合体であり、所轄では勤務中以外は自由に酒を飲んでも何ら問題はない。しかし、基本的には学校は教育の場であるので、酒気を帯びて帰校してはならないとの規則にはなっている。でも、正直、赤い顔をして帰ってくる学生もいる。そんな学生も、足もとがふらついてない限りは、見て見ぬふりをしてやったような気もする。そんな中、自宅に当直の教官から電話がかかってきた。

お宅の学生が、寮内で酒を飲んでいるのを発見したので、直ぐに学校に出てきてほしいとの連絡であった。正担任の教官は、お住まいが遠いので大変だとの思いから、副担任の私が行くことにした。自宅から学校まで、何せ夜間のことで電車の乗り継ぎも悪く、連絡を受けてから一時間半以上もかかり、到着したのは午前零時近くになってしまった。当直の寮務教官室に行き、申し訳ありませんでしたとお詫びをして、明日の宿直報告で報告させてもらいますとの説明を受けた。内容が内容だけに、口をはさめるものではなく、よろしくお願い致しますと、頭を下げるしかなかった。証拠品のポケット瓶のウィスキーを受取、黒石巡査の居室に行った。黒石巡査もさすがに眠ることなく、私の来るのを寮の廊下に出て待っていた。私の姿を見ると、スミマセンと言いながら廊下に手をついて涙した。心から反省している学生に、これ以上の言葉は必要ないと思い、もう遅いから早く寝なさいと諭し、私も教官室に戻って椅子に座り仮眠をとった。

剣道大会の決勝、副将戦に向かう黒石巡査の後ろ姿を見て、そんな出来事が蘇っていた。

副将戦までは五分と五分であったが、黒石巡査の得意の引き面が見事に決まり、一人リードで大将戦を迎えた。相手の大将は、今期随一とも言われた強い選手であった。こちらも黒石巡査以上、実力のある剣道係の大将で見劣りはしなかったが、激闘の末、一本取られてしまい代表選に持ち込まれてしまった。当然、大将同士の、もう一度の勝負となるところであったが、息の上がっている味方の大将の様子を見て、黒石巡査が、助教、私に行かせて下さいと申し出てきた。私は一瞬迷ったが黒石巡査の気迫に押され、西町教官に、「黒石君で行きましょう」と声をかけると西町教官も、「よし黒石行け」と激を飛ばしてくれた。踊り込んでの武者震いか、気合いは黒石巡査が圧倒していた。そして延長に次ぐ延長だったが、相手大将の一瞬の隙をついて、黒石巡査の引き面が、またもや見事に決まったのである。この時、優勝をすでに決めていた柔道の選手、そして教場全員が手を叩いて歓喜に湧いた。

表彰式が終わると、金メダルを剣道衣の胸から下げた黒石巡査が私に、直に挨拶にきた。そして、「助教に、ご迷惑をかけてしまった、お詫びのつもりで頑張りました、どうかこれで、許してやって下さい」と頭を下げたのである。黒石巡査が、そこまで思っていてくれたことに驚いたが、その反面、私も嬉しさのあまり返す言葉もなかった。立派な警察官が又一人生まれたと思った。校庭に、くちなしの花が香っていた頃の懐かしい思い出である。

そんな私も、いつしか代表助教になっていた。いわゆる神様の立場になったのである。大学生の頃は、一年生が砂利で二年生が奴隷、三年生が天皇、そして四年生は神様と言われていたのを思い出し何だか可笑しくなった。宴席で、藤江教授から「渋井助教の次は誰なのだ」と聞かれたので、「片岡助教です」と答えると、「そうか、それで渋井助教と片岡助教とは、どれ位の差があるのだ」と又、聞かれたので、悪戯心が起こり、「そんなに差はありませんよ、私と教授位の差ですよ」と話すと、「だいぶ差があるじゃないか」と教授が苦笑いしたのである。

教官が父親なら助教は母親である。家庭のことをすべて切り盛りする母親の代表と考えれば、私の意思で、二部教養の実務の動きが決められると言っても過言ではなかった。

そんな中で、私が嫌なものが一つあった。それは学校全体の体育祭である。学生が、四百メートル、三百メートルと二人走り、助教が二百メートル、教官が百メートル走る、いわゆる教場対抗のリレー競技である。二部では、これについては暗黙の申し送りがあり、競技中の順位は学生二人が走って来たままの順位とし絶対に、職員が職員を抜いてはならないと言うものであった。それはそうである。教場対抗で、学生が頑張ったのに職員のお陰で負けてしまったと言うことになれば、教育上大変によろしくないことになるからである。ましてや、期の全体に偉そうなことを言わなければならない立場の、代表教官や代表助教が抜かれて負けたとあっては、全般の教育に及ぼす影響も大きいのである。そこで、私は、体育祭が初めての新任助教に、「いいか順位は、学生が走ってきたままの順位だぞ、間違っても前の職員を抜くことのないように」との指示を与えた。

そして体育祭当日、いよいよ二部の職員学生による教場対抗リレーが始まった。見ているとB班は学生の順位のままで走り終わっている。これならA班も大丈夫だと思い、学生からバトンを受取り、私が走りだすと、あろうことか新任の浜本助教が私を抜くではないか。本能的に、指示を忘れてしまい、夢中で走る浜本助教に後ろから、「浜本助教」と声をかけた。すると浜本助教は気がついたのか、急に足がもつれ出し、スピードが落ちた。ここでやっと浜本助教を、抜き返しバトンを教官に渡した。これですべて学生の順位どおりの結果になり、教場対抗リレーは成功裏に終わった。ゴール付近で、浜本助教は「済みませんでした」と謝りに来たが、周りに学生がいたので、お恍けを決め込んだ。

学生が卒業すると二部は充電期間となる。指導案の見直しや、カリキュラムの検討と言うことで、入校準備までの僅かな時間を過ごす。しかし教官室ばかりにいると飽きるので、寮の方へも職員は足を延ばす。延ばすのはいいのだが、寮にはベッドがたくさんあり、ついつい手足まで伸ばしてしまう。つまり寝てしまうのである。ところが、運が悪い時は運が悪いもので、二部長が巡視に来られて、寮で寝ていた教官が見つかってしまったのである。明日転勤させると、震え上がるほどの気合いを入れられ、これ以降、寮務教官以外は学生不在時には寮へ行ってはならないことになってしまった。しかし二部長も職員の身体が、これでは鈍ってしまうこと気づかれ、そこで、始められたのが職員のソフトボール大会であった。当時は自動車教官室もあったので、二部内で六チーム位は組めた。勿論、二部長も選手として出場されていた。学生とは違って、職員は年齢差も体力差もあるので、柔剣道大会やマラソン大会を実施するわけには行かなかったのである。グランド内で二試合同時に行われ、迷プレーや珍プレーの連続であった。

私が、印象に残っている出来事が一つあった。それは、私が三塁の塁審をやっている時であった。バッターボックスには二部長の姿があった。当然に、ピッチャーは、二部長が打ち易いように、緩い球を真ん中に投げてくる。待っていましたとばかりに、二部長がフルスイングをすると打球は左中間を割った。長打である。ところが、二部長は、欲が出たのか二塁ベースを蹴ったのである。打球はセンターが拾い、送球が三塁手に返ってきた。その時、二部長の身体は、三塁ベースまでは五メートル以上あった。当然にアウトである。しかし、ここでアウトにしないのが、私なのである。三塁手が、走ることを止めた二部長に、三塁付近でタッチをしたのだが、そのプレーに対して、私は、セーフをコールしたのである。すると、二部長はニヤニヤしながら、「それは不味いよ、アウトだよ」と言いながらも、私が、気を使ったことに、まんざら悪い気はしないようであった。

そんな充電期間中の、ある年に不思議な思い出話が二つあった。一つ目は、週休二日制が、まだ定着していなかった、土曜日の昼頃のことである。自宅前の私道で、私が車を洗っていると、晴天だった空に、瞬く間に暗雲がたちこめたかと思うと、雷鳴が轟きスコールのような激しい雨が降って来たのである。その瞬間に、悪寒と発熱を自覚し車を洗っている状況ではなくなってしまったのである。体温を計ると四十度を超えている。直に風邪だと思い近所の病院に行って、注射と投薬治療を受けた。翌日は、日曜日なので二日間、休んでいれば何とか治るだろうと思った。

　ところが、月曜日の朝になっても三十八度以下に熱は下がらず、しかも憂鬱な雨はまだ降り続いていた。身体はだるい。充電期間中であるので、電話で休もうかと思ったが、しかし、月曜日は雨でも講堂で朝礼が行われる。電話する体力があるのなら出勤しようとするのが、公務員としての本能でもあった。午前七時過ぎ、いつものように電車に乗った。ラッシュ時のピークである。鞄を左手で持ち、右手で吊革に掴まった、午前七時二十分、前に座っている人、左右に立っている人達から、吊革に掴まっている右手に視線を感じた。何だろうと思い、右手を見ると、右手の小指と薬指のつけ根が切れて血が流れていた。痛み等の自覚症状は、まったくなく他人の視線で気がついた傷であった。血を押さえようとティシュを探したが、なかったので、鞄の中に入っていた、歳末の福引券で傷口を押さえた。それから五十分位で学校に着くと、隣の席の西山助教からバンドエイドを貰い出血の処置をした。朝礼が終わり、教官室に戻ったのだが、相変わらず体調は悪い。明日休むと、翌日は厚生休暇で連休となる。ところが、この厚生休暇はボーリング大会で休めない。そこで、明日一日休んで、体調を万全にしようと考えたのである。

　さて、年次休暇を取る理由である。出勤しているのに風邪で休ませてくれでは変である。瞬間的に閃いたのが、法事であった。親戚の法事であると言うことを理由にして休むことにさせて頂いた。教授に年次休暇の決済をもらい、自席に戻ったら、何と熱の意識やだるさもなくなり、体調が良くなってしまったのである。

これなら休む必要はなかったと思ったが、今更、取り消しにでも行ったら、それこそ怒られてしまう。だから、恍けて休むことにした。それから、どれ位の時間が経ったであろうか。自宅から連絡があり、親戚の○○さんが、亡くなったと言う妻からの知らせである。

本当に、親戚の法事になってしまったのである。

夜、少し遠距離であったが、その親戚のお宅に伺って、奥さんに、お話を聞くと、今日の朝、亡くなられたと、おっしゃるのである。「何時ころですか」と、尋ねると、午前七時二十分に心筋梗塞により自宅で倒れたと言われるではありませんか。私は、自然と右手を見てしまった。「お通夜は、いつですか」と聞くと、明日で、告別式は明後日ですと言われる。これは、まさに法事と厚生休暇の連休であり、お手伝いをしなさいと言うことであると思った。

詳しく、お話を聞くと、いろいろと興味深い、お話をする。○○さんには、霊感の強い義理の妹さんがいらして、その妹さんの話では、○○さんが、亡くなったとの知らせがある前に、○○さんが姿を見せたと言うのである。その時に、○○さんの後ろには、丸髷を結った、江戸時代の頃と思われる女性が見えたそうで、「義兄さん、その人は誰」と尋ねると「おタケさんが迎えに来たから行くよ」と言って、消えてしまったそうである。おタケさんが、誰であるか、未だにわからない、まさにミステリーの世界である。

告別式、当日、この妹さんが、不思議な行動をした。近い親族で、棺桶に別れの釘打ちのセレモニーを行うのであるが、妹さんの番になった時に、この妹さんが金縛り状態になってしまい、釘が打てないのである。「どうしたのですか」と、私が聞くと、今、義兄さんが、自分が死んだことが、やっとわかって、死ぬのは嫌だと言って、私を羽交い絞めに、しているると言うのである。これが原因なのか、とうとう、最後まで妹さんは、釘打ちが出来ないで終わった。

それから一年が過ぎ、一周忌の法要で、○○さんの奥さんが興味深い話をしてくれた。奥さんは、○○さんの、兄弟のことは、よく知らなかったようであるが、どうも、お二人の兄弟が、やはり急死されているようなのである。そこで、もしかしたら、先祖の供養が足りないのではと思い、○○さんの、東北にある、お寺を訪ねて行ったところ、そこは誰もいない荒れ寺で、先祖の墓を見てみると、墓石が倒れている状態だったそうである。

何かあるなと思い、力のある人を探して見てもらったところ、〇〇さんの、御先祖は、東北の雄藩の侍だったそうである。ところが、このお侍は、お腹に刀が刺さったままの状態になって亡くなっているとのことで、この方が、供養をしてもらいたくて、子孫に頼んでいるのだが、誰もしてくれない。

してくれないから、〇〇家を名乗る、男子を死に至らしめる。人が死ねば、嫌でも供養となるから、次々と急死されるのですと話されたそうである。私も、日頃、母親から、家族を守ってくれているのは、御先祖様だよと聞かされていたので、この話は、本当のことだと思った。段々と年を重ねるごとに、あの世の人との交際の方が多くなるような気がして、母との別れも近くなっているな、と思い始めている自分が、そこにあった。

二つ目は、一緒に組んだ松井教官の話である。松井教官は、ある日、歯から膿が出るようになってしまい、中野駅前の歯科に行ったところ、その歯科では手に負えないと言われたそうである。そこで、警察病院まで行き治療してもらうことになったのであるが、何でもワイヤーを入れて治療しなければならないので、相当な時間がかかると言われたそうである。そして、更に松井教官の身体には、脂肪の塊り、が瘤のように、いくつも出来ていて、これも原因不明とのことであった。そして、松井教官は私に、興味深い話をしてくれた。それは、宝くじが当たると言うのである。「何ですか」と聞くと、毎晩、蛇の夢を見るからだと言う。しかし、その蛇は半端な蛇ではなく大蛇で松井教官を追いかけてくるそうである。松井教官も夢の中で怖くなって逃げると、目の前が崖で、仕方なく懸命に崖をよじ登って上に出ると、その上には、数百匹の蛇が待っていたと言う。だから蛇は金に縁があるから、宝くじが当たるとの論法であった。

私は、この話を聞かされた時、薄気味悪く感じたので、「松井教官、ちょっと宝くじではなく、別の理由があるような気がしますよ」と答えた。すると、松井教官は、「そうかな、そう言えば、内の近所でも変なことが続くのだ」とおっしゃる。どんなことですかと尋ねると、「いやね、四件ある建売住宅なのだが、隣の旦那は、先だってポックリ死んでしまい、その隣の家では娘さんが、自転車で転んで骨折してしまい、もう一軒の家の奥さんは、台所で包丁を落としてしまい、その包丁が足に刺さってしまったそうなんだ」「え〜、唯ごとではありませんね、何かの原因があるのかも知れませんね」この時、私は、不思議な体験をされている矢内教官の顔を思い出していた。

翌日の昼休み、松井教官に矢内教官の話をした。私も、特別オカルト的なものに興味があるわけでもなかったが、一度、参考にしたらどうかと松井教官に勧めてみた。

以前、矢内教官に体験話を聞かされていたからである。その内容は、家庭内で変なことばかりが続いたので、知り合いの銀行の支店長に愚痴を言ったら、「良く当たる先生がいるよ」と紹介をされたと言うのである。そこで、矢内教官は、騙されたと思って、足立区の鹿浜に住む、その先生のところへ行って、話を聞くと、その年配の女性の先生は、少し目を閉じた後、次の様に話されたそうである。

「貴方の住んでいる家の庭に柿の木があります。その柿の木の下に、犬の死骸が埋まっています、その犬の死骸を掘り出して供養してあげれば、必ず禍は消えますよ」と言われたそうである。矢内教官も半信半疑で、家に帰って柿の木があったので、掘ってみると本当に犬の骨が出てきたので驚いてしまったそうである。これは、宗教とか信仰とは別の次元の話で、事実を指摘されたことに感服してしまったそうなのである。

それから、一週間後の日曜日、松井教官と矢内教官、そして、私の三人で、この先生の所に伺った。先生と言っても、一見、割烹着を着ている普通の年配の女性であった。住まいも古い住宅で、特別に神秘的なものを感じるものは何もなかった。占い料もなく、見てもらった人が、勝手に気持ちで、二千円か三千円を神様に、お供えすれば良いとの矢内教官の説明であった。

松井教官に、その先生は何も聞くわけではなく、黙って目を閉じたまま、話をし始めた。そして「貴方の住まいには、大きな沼が見えます、そしてこの沼には昔、弁天様の、お社があって、その場所に貴方は今、住んでいます、ですから弁天様が、怒っていらっしゃるのです、とにかく一刻も早く引っ越すことですね」と話されたのです。松井教官は、この話に驚き、「なるほど弁天様か、だから蛇の夢なのだな」とポツリと独り言を口にした。しかし、ここで松井教官も困りました。越せと言われても、長期の住宅ローンを組んで買っている家ですから、簡単に引っ越し出来る話ではありません。そこで、松井教官は先生に聞きました。「先生、越さずに何とかなりませんでしょうか」すると先生は、少し考えていた様であったが、「では、こうしましょう、それは弁天様に、お詫びすることです、弁天様、私達は、いずれこの土地から出て行きますが、今少しの間だけ住まわせて下さいと、それで、このお札を神棚にあげて下さい」「先生、自宅に神棚は無いのですが」「神棚が無ければ、タンスの上でも結構ですから、とにかく高いところに、この、お札を掲げて下さい、それと弁天様は生卵が好物ですから、お札の所へ、お供えして下さい、そして、お供えした生卵は、貴方が飲んで下さい、飲みきれなかった卵は川に流して下さい」と教えてくれたのである。

この後、松井教官は、先生から教えてもらったことを実行すると、歯からの膿も出なくなり、身体の脂肪の塊も消え、蛇の夢も見なくなったのである。それからと言うもの、松井教官も、この先生のファンになってしまったのである。

この当時、松井教官のお嬢さんは、まだ中学生で、地理の時間に、この住んでいる所は、昔、沼だったと先生が教えてくれたと言うのである。このお嬢さんも、先生に興味を持ってしまった様で、ある日、一枚の家の中で撮った写真を持ち出し、「お父さん、これ心霊写真みたいだから、今度、先生に又、見てもらってよ」と依頼されたそうである。

松井教官は、襖の前に、煙の様なものが写る、その写真を持って、先生に見せると急に先生が咳き込んでしまったそうである。先生の苦しむ姿に、ビックリして、「先生どうされましたと」松井教官が声をかけると、先生は、「昔、貴方の親籍の人で、京都の伏見稲荷から使いに来た蛇を殺して、それが元で、喘息で亡くなった、お婆さんがいらっしゃいます、その人が、今私に乗り移ってしまって、私が喘息状態になってしまったのです、この襖の前に写っている白い煙の様なものは、成仏されていない、お婆さんです」と説明してくれたそうです。早速、松井教官は、長野県の自分の実家に電話をして聞いてみると、喘息で亡くなった、お婆さんはいないとのこと、そこで、奥さんに、「お前の実家に電話してみろ」と話し、松井教官の奥さんは、半信半疑のまま、宮城県の実家に電話を入れたそうです。

すると、驚くなかれ、奥さんの実家の祖母が、喘息で亡くなっていたのです。先生は、後日、宮城県の奥さんの家の状況、つまり付近の地理や建物等の状況、そして家族のこと、奥さんの過去の仕事、性格など、的確に言い当てたそうです。松井教官は、これですっかり恐れ入ってしまったようであった。

私も、そこで、ここまで当たるのなら、一度見てもらおうと思い、三千円を持って先生の所へ行ったのです。そして先生は、私に、こう話されました。

「貴方は、大変に明るい方で、神様が、この世に送り込まれた、神様のお使いです」と言われたのです。神様のお使いと言われたので、私は無意識に、「神様のお使いと言うことは、私も神様と言うことですか」と先生に尋ねた。先生は、私の、この問いかけにニコニコすると、「そう言うことかも知れません」と答えてくれた。

家に帰って、話が不自由な母に、先生から言われた話をすると、手を叩いて喜んだ。母は昔から、子供だった私に、よく話してくれたことがあったのである。それは「私に金を持たしてやりたい」と言うことだった。「何で、俺に金を持たしたいのだい」と母に聞くと「それは、世の中が良くなるから」と言うことであった。

そんな母も、すでに八十歳を過ぎており、よく熱を出す時があった。近所には金子医院があって、よく金子先生には、お世話になった。金子先生は、元軍医さんで、本当に立派な先生だった。往診を初めて、お願いした時のことである。母が発熱をして動けなかったので、電話で往診をお願いすると、金子先生は、往診ですかと言って、少し考えと込まれているのがわかる。そして、往診は費用が、かかるのですと言って、口籠ってしまわれました。私が、「往診費用は、おいくらですか」と尋ねると、「千円なのです」がと、言われた。戦前の千円ならば、大変だが、今の時代に千円の往診費を心配してくださる先生が、はたして、おられるであろうか、と感心してしまった。こんな赤髭先生の様な医師ばかりなら、国民も幸せになれるはずだと思った。

そこで、人は何が一番幸せなことかと言えば好きなことをして生きてゆけることが一番幸せなことだと思う。しかし、そんな思い通りの人生が送れる人は、僅かであろう。そうなると、次に何を考えるかと言えば、できるだけ希望通りの人生を送ろうとすることに心がけるのである。しかし、これも中々、うまくは運ばない。何だか変な話である。よく考えてみると、すべて受け身で待っているところには幸せは来ないような気がする。それは、丁度、自分にピッタリ合う服を選んでいるのだが、合う服が巡って来ない。長い時間探しているうちに、とうとう人生の最後まで、合う服がなく死を迎えてしまった。大体こんなところであろうか。これでは、本当につまらない人生であると私は思った。私は、いつも前向きに物事を考える。そして、過ぎてしまったどうにもならないことには、思考は及ぼさない。服にしたって、一つあれば、それに身体を合わせれば良いだけの話であって、合う服を探すだけ、時間の浪費となり幸せを手にすることも難しくなる。幸せの基準は、人それぞれの心の中にあるものであり、何一つ無いことにこそ、全宇宙は自分のものと悟ることが出来るのであり、幸せの絶頂をも感じることができるのである。悩むことは何もない。人間、最悪の場合でも唯、死ぬだけのことである。しかし、自らの手で死ぬ程、愚かなことはない。何があっても泣くな、騒ぐなである。たかが死ぬか生きるか位のことで、わめき立てるなと言いたい。人様の前で、涙を見せることは失礼なことである。見れば、普通の人は皆、気持が暗くなる。

それと、これは、常日頃から思っていることであるが、葬儀と言うのは、どうも陰気臭くていけない。第一、香典を持って行って、悲しまなければならないと言うのはどうも納得が行かない。それは、丁度、お金を払っているのに怒られると言う、自動車教習所のような感覚と同じように思える。いくら死んでしまっているとは言え、私だったら、たとえ死んだにせよ、葬儀に来て下さる、皆様に申し訳ないと思ってしまう。それは、そうである。忙しい時間を割いて、香典まで頂いているのに、悲しい思いを、来て頂いている皆様にさせてどうします。

ですから、私の遺言は、葬儀の際には、国旗を立て、紅白の幕を張って、景気のいい軍歌や戦時歌謡、そう、「日の丸行進曲」でも流して、寿司や刺身や酒も上等なものを、ふんだんに出して、できれば綺麗どころの皆さんも揃えて、葬儀に来られた皆様に、満足してもらい、お土産付で喜んでもらいたいと言うことなのである。何せ本人は死んでしまって動ける状態ではないのですから、どうしても皆様を接待することができません。そこで、生きているうちに、家族や身内がわかるように、しておこうと思い、この本を書いた意味もある。たとえ、すべてのページが消えても、このページだけは残しておいて頂きたいと願って、この本を書いている。

ともかく何があろうと、明るく元気なことが一番なのです。オギァーと生まれて、直に死ぬ人もおられるのですから、今まで生きて来たのが儲けもんだと思って、すべての人が常に前向きな姿勢を失わずに明るく強く生きて頂きたいと思っている。高齢にもかかわらず、千円の往診料を心配されて、母を診て下さる金子先生の、大誠意に接し、本物の存在があるのだと言うことを改めて確認させて頂いた。本物が少なくなって、寂しくなってしまった世の中だが、せめて自分だけは本物でありたいと考えていたのも事実なのである。

そんな私の助教としての任務も終わる時が来た。そして、警察学校の銀杏並木が朝日に映える頃、私は中野台を後にした。

第六章　不良警察官パトロール

その三

不良警察官パトロール　その三

昭和六十三年十一月、私は警部補となり荏原警察署へ配置となった。同期生と比べ出世は早い方ではなかったが、しかし不良警察官の私が、警部補になっていいものなのかと内心では警視庁試験委員会のミスではないかと思った。

人事のミスと言えば、昭和五十七年に警察学校へ転勤になった年の、暑中見舞いに「渋井さんが、警察学校に栄転されたとの報に接し、警視庁の人事が信じられなくなりました」との内容があった。これを見たとき、あまりにも、的を得ていたので、私も思わず吹き出してしまった。

しかし、自分では別に何の魂胆があったわけでもなく、毎日々を懸命に生きてきただけの話であって、階級とか所属に、こだわった事など一度もなかった。それでも、先生と呼ばれる程の人格は私には備わっていないことだけは確かであった。

今は階級是正で幹部職員が多くはなっているが、私が警察官になった昭和四十六年は、四百数十名いる本田警察署で、警視は署長一人で、副署長の職名は無く、次長は警部だった。私が卒配で在籍した、警ら二係も七十名位いる係で、警部補は一名、巡査部長は係所属の巡査部長が一名、三ブロックだったので三名の巡査部長、全部で係には五名の幹部しかいなかった。今とは、やはり幹部としての重みが違う。

それでも、私が昇任した頃の警部補試験では推薦制度などは、まだ無く、倍率は百倍以上であった。百人受けて、一人しか合格しない試験であるから結構大変だったことを覚えている。

思い返せば、一回目の二十四歳で受けた巡査部長試験に三次で落ちていなければ、あるいは、警視庁のエリートコースにも乗れたのかも知れない。しかし、よく考えると、警察官の出発点が、肩の張らない平の巡査にあったわけであるから、巡査以上の階級は余計であったとも思う。それに、出世しなかったからこそ、この「痛快　不良警察官」の本が書けるわけで、その意味でも、人間死ぬまで何が本当に良い事なのかは、誰にも、わからないはずである。だから毎日が楽しく生きていられるのだと思う。

荏原警察署は警視庁の第二方面本部に所属しており、この二方面は人手不足の方面だった。

今でも、きっと同じだと思う。理由は簡単で神奈川県は地価が高く、警視庁の警察官は、一戸建てを買いづらいからだと思う。若い人は寮生活なので、何も考えずに二方面に配置できるが、家族寮に入っている警察官はともかくとして、家が買えるのは、やはり千葉、埼玉、茨城なのである。ところが、第二方面とは、品川区と大田区のことである。千葉、埼玉、茨城からでは通勤時間が大変なのである。そこで、都内に住んでいる者は、理屈抜きにして第二方面に配置となるのである。だから、私は荏原警察署に配置になったと言うことなのである。そうでなければ、隣の大森警察署に兄が居るのであるから、そんな近い所に兄弟で勤務させるはずがない。

泊まり勤務で、リモコン指揮をしていると、兄と泊まりが同じの時もあり、通信指令本部との、やりとりで「担当、渋井です」と答えるわけであるが、大森警察署の方でも「担当、渋井です」との声がする。そのために、渋井と言うのは、大森なのか、荏原なのか、よくわからなくなった様で、通信指令本部から何度も聞き直してくることがあった。

荏原警察署管内は、品川区なので高級住宅街もあるが、中原街道以南は高齢者の人が多く庶民の街だった。戸越と言う地名もあり、ここまでは江戸だったのかと自分で勝手な解釈をしていた。名所旧跡も結構あったことを覚えている。

荏原警察署では流石に馬鹿なことは、あまりしなかったが、それでも、最初の署長さんの言葉使いに、カチンときたことがあったので、ある会合の席で、「署長さん、お互いに大した、ことないのだから、あんまり偉そうなことは言わない方がいいですよ」と、耳元で言うと、「お前は、大した、ことないが、俺は大した、ことあるのだ」と言い返してきた。それを聞いて、何だ、この程度の人かと思った。

人間誰しも批判されることを嫌うが、本当は批判する人が一番、忠義な人なのである。良薬は口に苦い、と言うが、指導者がゴマすりばかりを側近で固めると、とかく世間が見えなくなる。世間が見えなくなれば、その指導者は間違いなく失脚する。部下が、指導者のためを思うなら、指導者が、たとえ批判として受け取ろうと、忠告としての批判をしてやるべきだと思う。指導者も又、忠告する部下を遠避けてはならない。自分ことを案じてくれているからこそ、忠告してくれるのだと思い、そんな部下を大事にする指導者は必ず大成する。フト、そんなことを感じる出来事だった。

何人かの署長の下で働いたが、その中で、愛人がおられるとの噂のある署長がいらした。しかし、恋愛は自由であり、トラブルさえ起こさなければ、何ら法に触れることは何もない。倫理的に妻があって、どうだと言う人もいるが、もしかしたら妻の中にも寛大な人がおられるのかも知れない。勿論、私など、愛人を持つ程の器量も根性もないが、たとえ噂にしろ、愛人を持てる力があるのだから立派である。

昔、政治家で、愛人五人の存在を国会で追及された人物が居て、その政治家の反論が面白かった。その政治家曰く、

「私に愛人が五人居ると言われるが、それは誤りである、国会で追及するのなら間違ったことは言わないで頂きたい、愛人は五人ではなく六人である、しかも愛人の皆さんは、高齢で、女としての用を、すでに果たしてはいない、しかし、私は、愛人の皆さんを捨てるほど薄情な男ではない、だから、未だに、お世話させて頂いている、唯それだけのことである」。

この話を知って、私は恐れ入れましたとの心境になってしまった。純粋な夫婦愛も素晴

らしいが，この政治家の男としての魅力も相当なものである。愛人を持っている人の鏡だと思う。少なくとも一人の女性の将来を棒に振らせる、愛人生活を送らせるのであるのなら、死ぬまで、あるいは、死んでからも、お世話するのが、愛人を持つ者の仁義だと思う。

とかく財力の背景のない者が、色恋沙汰を起こしてはいけない。打算的だと、怒られるかも知れないが、奥さんに毎月、生活費の一千万円も出しておけば、そうそう亭主に女が出来たからと言って、奥さんが、目くじらを立てるものではないと思う。少ない給料を女に貢ぐから奥さんが怒るわけで、器量のある人が、愛人を持っても、それぞれの立場の皆さんが了解ならば、文句を言うのは、羨ましいとの僻み根性を持つ者だけである。

この署長の愛人は、管内のスナックのママとの噂があったので、興味半分で、スナックのママの顔を見にパトロールに行ったことがある。結構、署員が出入りしている店ではあったが、ママさんは気さくな人だった。実際、署長の愛人かどうかはわからなかったが、署長も、資産家の人だったから噂が立つのだと思い、なまじ金があると色々言われるものなのだと思った。

とかく男女関係は、上手く行っていれば何の問題もないが、一度トラブルと修羅場となる。それで失敗すれば、家庭を失い、職も失うことにもなりかねない。あまりにも代償が大きく馬鹿々しいこととなる。だから、警察官は真面目に生きなければ、自分が損をするし、家族も不幸になる。不良警察官の私も、女性だけは不良にはなれなかった。それは、単に金の器量が有る無しの問題ではなく、家族に対する思いが強かったからだと思う。

署長の話は、これ位にして、ここで、荏原警察署での扱い事件を振り返ってみたい。

覚せい剤だ、コカインだと薬物が蔓延する社会になってしまった日本ではあるが、薬物事件は深刻である。暴力団や外国人だけが薬の商売をしているなら警察の力だけで根絶も可能であろうが、これが国家がらみの犯罪となると始末が悪い。警察力では国家そのものを取り締まることは出来ないからである。では、何でこんなに蔓延したかと言えば、薬物は儲かるからである。米は十キロ売っても四千円位であるが、覚せい剤なら十キロで末端価格、七億円で売れる。犯罪でなければ、こんなぼろ儲けはない。この商売をやったら、インチキ株取引を除けば、他の商売など阿保らしくて出来ない。これが本音であろう。世界の国が直接麻薬の商売をしているとは思いたくはないが、各国の諜報機関などが関与して薬物を扱っているのかも知れない。麻薬は世界中で作られ、そして世界中で動いていると思われる。

戦前の日本の諜報機関も中国や欧米列強の諜報機関と渡り合い、汪兆銘政権樹立のために三十兆円の金をペルシャアヘンで作ったと言われている。この関係者が戦犯にならなかったことは言うまでもない。詳細は未だにわからず、麻薬の闇の深さが窺える。

しかし、わからないことをいつまで論じても仕方がない。警察としては、やはり一つ一つの薬物犯罪を取り締まって行くしか方法はないのである。薬物使用者、薬物の売人、薬物の運び屋、薬物の元締め、そして国外での薬物生成者、これらを一網打尽にしなければ、すべては解決しない。トカゲのしっぽ切りは、いつまで経ってもトカゲのしっぽ切りである。薬物の運び屋までは捜査も及ぶことがあるが、それ以上は中々難しい。やはり薬物根絶は国家的なプロジェクトを立ち上げる必要があるのではないかと思われる。

芸能人や著名人が薬物事件を起こすと、大々的に報道されるが、これで国内の薬物事件が沈静化するとは思えない。マスコミも常に薬物の闇を報道する姿勢を失ってはならないと思う。特に、薬物犯罪の中心である覚せい剤についてはなおさらである。普通、覚せい剤の一回の使用量は、〇・〇二グラムから〇・〇三グラムで、内服で使用した場合は十五分から二時間で、静脈注射の場合には即時に、覚せい剤の効果が出てくる。

国内で密売されている覚せい剤の大部分は、このフェニルメチルアミノプロパンの塩酸塩、若しくはこれを含有する物であり、これは白色無臭で苦味を有する結晶性粉末である。

この覚せい剤を人が使用すると、大脳皮質を刺激することにより、疲労感、倦怠感を取り去り、気分の昂揚、爽快感を覚え、思考力、判断力、作業能力を高めると言われている。しかし、その反面、覚せい剤が切れた時には、逆に疲労感、倦怠感に襲われ再び覚せい剤を使用すると言う悪循環に陥ってしまう。その結果、慢性の中毒となり、幻覚や妄想が生じ、それが犯罪を誘発する原因ともなる。慢性中毒者が、覚せい剤の使用を止めた場合には、普通、一週間位で幻覚や妄想などの精神症状は消失する場合が多いが、後遺症として、いらいらとした不安定な状態や怒りやすいと言った、神経病的な状態が残るとも言われている。そして、最後は廃人となる。だから、覚せい剤など絶対にやってはならないのである。


そんな思いの中、私の荏原警察署での覚せい剤犯人検挙した事案を紹介したい。

平成二年四月の午後十時頃、第二京浜国道上で盗難車両走行中との無線通報が入った。

すでに戸越派出所での信号機切り替えは、時間的に無理であると判断し、その先の源氏前派出所に連絡して交差点の信号を赤に切り替えるように指示した。そして、私は直ちに、本署からパトカーに同乗、源氏前派出所へ向かった。パトカーは緊急走行により、およそ七分で現場に到着し、赤信号から先、三十メートル位の地点で盗難車両と思われる車両を発見した。私とパトカー乗務員二名、源氏前派出所勤務員二名の計五名で、その車両に近づき、私が車両内を見ると、男二名、女一名が乗車していた。運転していた男は、単なる信号渋滞かと思っていたらしく、まさか自分達が、職務質問を受けるとは、思ってもみない様子であった。ところが、私達が他の多くの車両には目もくれず、いきなり、この車両だけをマークし免許証の提示を求めたので、瞬間的に彼等は狙われたことに気づき、男の一名と女が車両から飛び降り逃走を図った。男と女が、それぞれに逃走方向を変えていれば、男一名は、現行犯逮捕できなかったかも知れなかったが、男と女は、同一方向へ一緒に逃走を図った。しかし女はハイヒールを履いていた。逃げおおせるものではなかった。二十メートル程、追いかけ、三人の勤務員が男女二名の身柄を確保した。私は一方のパトカー乗務員と二名で、盗難車両と思われる車両の運転者に、免許証の提示と所持品の提出を促した。パトカー乗務員が免許証照会を実施し、私は運転者に車内にあるものを確認させた。その中にあって、何故か運転者がダッシュボードを開けようとしないので、私は不審に思い、これは、高度な蓋然性に当たると解釈し、ダッシュボード内を捜索してみると、覚せい剤と思われる一〇グラム程の白い粉末を発見した。私は、男に「シャブだな」と問い詰めると、「ええ」と返事はしたが、これは自分のものではないと否認した。

そこで、先に身柄を確保した男と女にも、覚せい剤所持の事実を追及すると、当然ながら最初は二人とも否認したが、「シャブが勝手にダッシュボードに入るわけがないだろう」と、私が怒鳴りつけると、逃走した男が、自分が、覚せい剤をダッシュボードの中に隠したことを自供した。

私は、この自供により、覚せい剤の共同所持犯人と判断、三人を現行犯逮捕した。取り調べの結果、男二人は暴力団組員であり、女は逃走した男の情婦であった。又、この女も覚せい剤一〇グラムを所持し逃走しようとしたことが判明し、然も、その覚せい剤を自分の陰部に隠していた。三人は合計で二〇グラムの覚せい剤を所持していたのである。

所持の態様については、単独所持は説明を要しないだろうが共同所持はやはり論点となる。

共同所持とは、二人以上の者が、それぞれの意思を通じ合い、覚せい剤を自己らの実力支配内に置くことによって成立する。覚せい剤を自ら支配する意思がない場合は、従犯の可能性も出てくるので、ここが争点となる。

本件の場合は、覚せい剤の運び屋である暴力団組員とその情婦の関係にあり、然も同じ車両の中で所持していたものである。共謀の事実も明白であり、三人に自ら支配する意思も十分であったと思われる。そして、これに車両窃盗のおまけがついたことは言うまでもなかった。


翌年の平成三年十月早朝、指令本部から戸越銀座商店街で、異常発報との無線が入った。今の民間の警備システムでは誤報は無いと思うが、当時は、風などによる誤報が結構あった。半信半疑の気持ちでパトカーに同乗し、戸越銀座商店街に向かった。午前五時頃なので当然人通りは無かったが、現場付近に到着すると、洋品店前に停まっている、白い大型ベンツが目に入った。直に不審に思い、警察官四名で洋品店に近づくと、店内には蛍光灯が点灯されている。誰か居るのは明白であり、ドアも開いていた。ところが中に入って驚いた。

店の奥にある大型金庫の扉をバールで、こじ開けようとしている一人の男を発見したからである。現行犯もいいところである。しかし、この泥棒は、とても泥棒とは思えないような、背広を着てネクタイまで締めていた。バールさえ持っていなければ、衣料関係の会社社長と思えるような人品であった。だが、この大泥棒は、ここで悪運尽きたのか我々に、建造物侵入と窃盗未遂の現行犯で逮捕されることになったのである。
泥棒と言えば、昔は、黒装束に唐草の風呂敷と決まっていたものが、自己所有の高級外車にブランドのスーツに身を固めた紳士とあっては、世の中も随分と変わったものである。先入観に囚われていたら、泥棒とはわからなかった事件であった。

荏原警察署管内にも飲食店は数多くあった。そこで一番難しいのは、酔っ払いの取扱である。酔い潰れて寝込んでいる者は、保護すれば良いが、酩酊者には苦労する。警察官に絡んで来ても、飲食店で騒いでいても別に罪になるものではない。公共の場所や乗り物においで一般の人に迷惑をかけない限りは、酩酊者規制法で取り締まることは出来ない。酔っていて警察官に絡むわけであるから、当然、警察官に抵抗する場面も出てくる。そうなれば、どうするかと言えば、最悪の場合は公務執行妨害罪として逮捕するしかない。この判断は難しい。警察官が暴行を受けたわけであるから、酔っ払い被疑者も、自分で転倒したりして、怪我をする場面も出てくる。この内容の判断を誤り、単に酔っ払いの保護で取扱ってはならない。後から必ず、警察官に怪我をさせられたと訴え出てくるに決まっている。警察官が有形力の行使としての暴行を受けた場合には、取扱を誤ることなく、起訴云々は、ともかくとして公務執行妨害罪で逮捕すべきである。

そんな荏原警察署での勤務も四年目を迎えていた。こんな私でも、今度は教官として、もう一度警察学校勤務をしてはどうかとの、お話を頂いた。警察大学校で教官養成科講習を受け、平成四年三月、私は荏原警察署を後にした。

第七章　先生としての記憶

その二

先生としての記憶　その二

警察学校での勤務場所は、今度は新規採用を担当する第一教養部であった。大卒男性教場と言うことで、編成名簿を渡されクラスの資料作りから始めることとなったのである。三月の下旬から作業が始まるわけであるが、それこそ戦争状態になる。四十一名の学生を担当したが、二名の学生が脱落し卒業は三十九名であった。半年間、それなりの記憶は残ってはいるが、「痛快　不良警察官」の作者としては、この本の販売数を意識している以上、四十一名の学生諸君には申し訳ないが、男性警察官の思い出を書くよりは女性警察官の思い出を書いた方が、本が売れると思い、教育者としては、誠に不謹慎と思われるでしょうが、何せ、私は不良警察官ですので、男性警察官の思い出は省略させて頂くこととした。悪しからず。

男性警察官を卒業させた半年後の、平成五年三月、今度は女性警察官担当を命ぜられた。

短大卒業生中心のクラスで学生数は三十一名であった。ところが、私は、性格は基本的には真面目であると思うのだが、言動が軽いと見られていたためか、他の女性職員にとっては、私が、女性警察官を担当することに奇異を感じていたようであった。

担当を命じられた、ある日のこと、職員室で、後ろの席には教授がおられるにもかかわらず、庭村助教が私の前にいきなり来ると、顔色を変えながら、「何で渋井教官が女性の学生を担当するの」と、怒りの口ぶりである。そして、あろうことか、「学生に手なんか出したら承知しないから」と、とんでもないことを言い出したのである。

一瞬、唖然としたが、ここで怒ったら、安っぽくなってしまうと思い、あえてニコニコしながら、「そんな馬鹿なことを言うものじゃないよ、学生に手を出す、そんなことをする訳がないだろう、たまにしか」と、切り返したのである。

この私の反応に軽くいなされた感じであったのか、庭村助教は、この時、ポカンと口を開けていた。反身となり、あえて、私が、ここで怒りを露わにしないことで、庭村助教としての立場も守れたわけで、急激な物事の対応には、どうすれば良いかを本能的に身につけていたなと感心していた自分がそこにあった。

しかし、女子学生の担当は難しいよとの話は、先輩から聞いていたので、こんな出来事が最初からあると、これから先のことを考えると、私の心は、重くなってしまっていた。何だか些細な問題であっても、私の性格、行動からすると、首になりそうな感じがして、女性担当は、やはり不向きかなと自分でも思うようになっていた。

そんな不安な気持ちの中、四月六日に渋井教場の学生達は、続々と警察学校の満開の桜の下に集まってきた。自宅の遠い前泊者三名を入れ、計三十一名の学生は、事故なく仮入校の手続きを終えることが出来た。

仮入校とは、何だと思われるかも知れないが、会社で言えば見習い期間の様なもので、実際に勤務させてみて、何かの問題があれば採用出来ないので、最初からは正式採用をしないと言う趣旨のものである。今は、どうだかわからないが、当時の仮入校期間は一週間であった。この期間中に、入校テストを行い、体力検定や健康診断、面接等を実施して、正確な学生の身上を把握しなければならないのである。

そして、いきなり頭の痛いことが起きてしまったのである。健康診断が終って直、警察学校の校医の先生が私を呼んでいると言うのである。私は、何かと思い校医室に行き、先生に、お話を伺うと、「渋井教官のところには妊娠している学生が居る」とおっしゃるのである。

私は驚いて、詳しくお聞きすると、「もう五か月位の、お腹になっている」とのことであった。私は、その学生を呼び事実関係を確認すると、当人の説明では妊娠するような事実はなく、入校の一か月位前から、お腹が膨れてきたと言うのである。私は、これは病気ではと思い、先生に、その旨をお伝えすると、「卵巣の病気かも知れないな」と語られた。

私は、上司に報告し、校医の先生に、もう一度相談に伺うと、「学校では、妊娠の可能性は無いとは断定できませんが、だからと言って、いきなり飯田橋の警察病院でもどうかと思いますので、多摩の分院に女性の医師がおられるので、そちらで妊娠か否かを見て頂きましょう」との結論であった。私は、その夜、学生を多摩分院に入院させた。

翌日、多摩分院の女性医師から連絡があり、学生に妊娠の事実はなく、卵巣の病気であるので、至急、飯田橋の警察病院に入院させて頂きたいとのことであった。私は、ご家族に、詳細をお話し、その了解を頂くと、学生を連れて警察病院に向かった。レントゲン撮影が終わり、その結果を知るまで、ご家族と数時間の時を待った。

そして、二人の医師が、レントゲン数枚を持って、ご家族と私に説明を始めた。「まだ断定できませんが、レントゲンを見る限りでは、卵巣癌だと思われます、若いので進行も早く、早急に手術になると思います。検査の結果が、分り次第、又、御連絡させて頂きます」との話であった。ご家族も、私も、その話の内容に、ガックリと肩を落とさざるを得なかった。

私は、警察病院での医師の説明を上司に報告すると、上司の中には、元気なうちに制服の上着だけでも着せてあげて、写真を撮って、卒業アルバムに載せてあげる様にしてあげなさいと言う方もいらした。私も、学生のご家族のご心中を察すると胸が痛くなった。

四月十三日、入校式の日を迎えた。入校式、卒業式には、学生の父兄も数多く参列されるが、お子さんの晴れ姿には、ご父兄は、皆、感激される。それだけ、この一週間の仮入校は人格が変わったと思われるような素晴らしい教育を行うからであろうか。しかし、気にかけてあげなければならない学生もいる。それは、実家が遠くて、ご家族が誰も入校式、卒業式に来られない学生のことである。教官は父親代わり、助教は母親代わりと言われている。父親代わりの私としては、その日は徹底して、父親になってあげなければならない。記念写真や昼食位は、一緒にしてあげなければ、可愛そうである。三十名中、二人の学生だけ、ご家族が来られなかったので、午後二時半頃まで、父親を務めさせて頂いた。

入校式を終え、自席に戻ってみると、やはり入院しているA学生のことが気になった。警察病院の先生からは、検査の結果は、一週間以内に連絡しますとのことであったが、まだ連絡がなかったので、こちらから電話をしてみた。すると、担当の先生が出られて、「丁度今、こちらから連絡しようと思っていたところです、幸いにも卵巣癌ではなく、病名は卵巣のう腫ですね、卵巣の一つを摘出する予定でおります、手術日については、又、連絡させて頂きますので、教官の方から、ご家族にも、その旨を、お知らせして頂きたいのですが」との内容であった。私は、癌ではないことを聞き、嬉しくなってしまった。早速、上司と、ご家族に、警察病院からの状況を報告連絡し、手術日を待った。

私が警察病院に行くと、A学生のご両親は、すでに見えていた。一時間以上は、私も待ったであろうか。しばらくすると、担当の先生が、「手術は無事に終わりました」と言って、摘出した卵巣を私にも見せてくれた。そして摘出した卵巣を指差し「これが、髪の毛です、これが歯です」と説明してくれた。子供も出来ていないのに、髪の毛や歯があるなんて不思議なものだと思った。

しかし、私としては、他に、担当医師に教えて頂きたいことがあった。それは、A学生の今後の見通しである。これから、どれ位、入院しているものか、そして、警察学校教育には、いつ頃から復帰できるものか、それを知りたかったからである。すると医師は、「入院は、やはりこれから一週間は、して頂かなくてはなりませんし、それと、いきなりの学校教育も無理かと思いますので、一か月位は、静養した方がいいと思います」との回答であった。私は、概ね二か月かと判断したが、女性警察官六か月の教養期間の内、二か月以上休んでは、卒業させられないことを思い出していた。

警察学校に戻り、上司に説明すると、人事二課の採用に、お願いして、秋の再入校にしてもらえないかどうか、聞いてみたらどうかとの話となった。

私は、直ぐに人事二課の採用センターに出向き、完治まで二か月以上かかりそうなので、秋の再入校に切り替えてもらえないだろうかと相談すると、四月十三日に警視庁巡査の辞令を出している以上、秋の再入校にするわけには行かないと言うことであった。そこで、私も困り、「では、今後、女性警察官を続けていくためにはどうすれば良いのですか」と尋ねると、「それには、一度、退職して頂いて、又、新たに女性警察官の採用試験を受けて頂かなければなりません」と言われるのである。「では、次の採用試験では、受ければ間違いなく合格させてくれるのですか」と聞くと、「いえ、その保証はありません」とのこと。これではどうにもならない。

こうなれば、もう、A学生の意志と、ご家族のご判断だと思い、手術から三日後、警察病院に再度出向いた。そこで、人事二課との、やりとりを説明し、本人と、ご家族と、担当医の先生と協議した答えが、退院後は、五月五日まで自宅で静養とし、五月六日から警察学校の教養を受けるとの結論に達した。

これならば、教養期間、三分の一以内の範囲であり、卒業が可能である。その際、座学は問題ないとしても、一か月位は、術科や体育は見学と言うことにしなければ、体力的には無理であるとの担当医の先生からのアドバイスがあった。

そして、その平成五年五月六日、川路広場で助教が担当している教練の授業中に、A巡査が姿を見せた。私も、学生からの連絡で、待ちに待っていたことだと思い、急いで川路広場に向かった。三十名の学生を三列横隊にさせ、A巡査からの挨拶を受ける態勢を執った。A巡査にとっては四月七日の入校検診で同期生と別れて以来、約一か月ぶりの再会である。五月の青い空の中、A巡査の爽やかな挨拶と、三十名の仲間の温かさが胸に残る一瞬が、そこにあった。私の思い出の一コマである。

だが、現実は厳しかった。その日の夕方、体調の変化からか、激しい出血となってしまったのである。助教は、学生からの連絡でトイレまで出向き、様子を見ると、A巡査は、おびただしい出血で動けなくなっていたとのことである。助教からの報告を聞くと、警察病院に入院以降、生理不順で、出血も満足に無かったとのこと。それが、今回急激に出てしまったとのことであった。助教と一緒に、寮の居室に出向き、A巡査を見舞ったところ、顔面は蒼白で、当然ながら辞めたいとの言葉を口にした。私は、それは生理が急激に来ただけのことであり、少し休んでいれば、直に体調は回復すると諭した。そして、明日からの教養も無理をすることなく、約束通り、術科や体育は見学と言う形で良いのだから、五月一杯は、好きな剣道の授業も実施しなくてもよいことを話した。その日は、一日泣いていたようであったが、同期の仲間も有難いことに、皆でA巡査を励ましてくれている様子であった。確かに、警察学校での一か月のブランクは大きく、すべてのことに追いつくには、仲間の支えがなければ出来ないことであった。

そんなA巡査も五月の末には、すっかり元気になり、バレーボールの選手として教場対抗バレーボール大会では優勝に大きく貢献してくれた。私も、この時ばかりは本当に嬉しかった。

今ではA巡査は、警察官のご主人と結婚され、二人のお子さんにも恵まれ、幸せな家庭を築かれている。

やがて新緑の季節も過ぎ、六月を迎えていた。この六月は、日本国の喜びの月であった。平成五年六月九日の皇太子殿下と雅子様のご成婚である。

警察学校の女性警察官もパレードの警衛警備と言うことで、私服での桜田門前の配備を命ぜられた。朝方は小雨が降っていたので、私も傘持参で学生を引率し警備に就いた。沿道には制服の警察官が男女交互に配置されていたが、警察学校女性警察官、四クラス、百三十名の任務は、学生を雑踏の中に混じらせての警衛警備対策で、突発として不測の事態の対応であった。

昔、昭和三十五年のハガチー来日警備では、民間の警備組織が沿道に全員、傘を持って警備に当たったとの話を聞いたことがあったので、傘も又、武器の様に有効なものかも知れないと、私は思ったりしていた。

普通は、警備と言うと群衆と正対するために、背面の姿勢となる。ところが、今回の学生の警衛は、群衆の中にいるわけであるから、皇太子殿下と雅子様が乗られているオープンカーを桜田門前の特等席で拝見させて頂ける形となった。学生が喜ぶのも無理もなかった。

思えば、皇太子殿下に初めて、おめにかかったのは昭和四十三年の十一月、私が十九歳の時である。

私は京都、龍谷大学主催の弁論大会に出場するため、奈良県に実家のある国士舘大学の友人に、お世話になったことがあった。奈良県には、神武天皇が祀られている橿原神宮があり、友人と二人で弁論大会での必勝を期すため参拝に向かった。すると警察官の姿が数多く見られたので、何かと思い神殿方向を見ると、八歳になられていた浩宮徳仁親王殿下が参拝を終わられ大鳥居の前を歩かれていた。私は、ああ、この方が将来、天皇になられる方だと思い、親王殿下に慌てて最敬礼を友人と二人でさせて頂いた。

フト、あれから二十五年かと思い、この、ご成婚パレードは、私にとっても感慨深いものとなっていた。

警衛警備について、二時間は経過したであろうか。厳かな車列は、太陽の光りを受けながら、我々の前を通過された。立派になられた皇太子殿下と、お美しい雅子様の、御姿に、私も拝むような気持であった。この時、神々を迎えられた皇居周辺は、日の丸の小旗の波で輝き、歓呼の声は日本国中に木霊していた。

翌、七月には、第十九回東京サミット警備があった。当然、警察学校部隊も出動となる。女性警察官部隊は、羽田空港配備となり制服の学生部隊を引率して、七月初頭から、羽田空港での検問警備に当たった。

早朝から、夜遅くまでの勤務であり、然も、全員配置が入ったりすると立番検問が四時間連続となることもあり、学生にとっては初めての経験であったので、体力的に持つかどうか、私は心配だった。それでも、銃刀法違反を検挙してくれた学生も出たりして、結構、渋井教場の士気は揚がっていた。

ナイフにせよ包丁にせよ、警察官に職務質問されて、「護身用です」と答えれば、正規の所持とは言えず、銃刀法違反に触れるわけで、法律を知りませんでしたから、勘弁して下さいとは行かないのである。

そんな中、学生数名と羽田空港のロビー周辺の警戒を実施していると、口髭を生やした、見覚えのある人が目に映った。若い男を二人連れ、ドアの出入口付近で立っている私の方へ向かって歩いて来る。羽田空港では、どこに行っても警察官が居るので、ある意味では警察官を避けて通ることは出来なかった。だから、どんな人も、どこを通っても一緒と思われたのか、平気で警察官がいる方向に歩いて来たのである。

私は、ここでやっと、この口髭の人を思い出した。その人は、日本最大組織の若頭補佐だった。

私の前を通り過ぎようとしたので、私は、その人に「すみませんが、持ち物を見せて頂けませんでしょうか」と声を掛けると、「どちらの警察」と聞き返してきた。「警察学校ですが」と私が答えると、「ああ、中野の」と、随分と又、詳しい反応である。そして、数名の私の学生に視線を送ると、「女性警察官を担当している教官なの、いいねぇ、俺も一度担当してみたいよ」とおっしゃる。

若頭補佐の付き人二人は、緊張している様子で、学生の所持品検査に素直に応じている。学生達も、何か物騒なものでもあるのではないかと思い、一所懸命の検査であった。しかし、残念ながら何も問題はなかったので、私は、若頭補佐に、いくつか質問をしてみた。「東京には何の用で来たのですか、今日は、こちらに泊まるの」と聞くと、「うん、頭が築地の聖路加病院に入院しているので、その見舞いに来た、俺は、帝国ホテルに泊まるつもりでいるが、これから、日比谷花壇で花を買って見舞いに行こうと思っている」と答えてくれた。
東京サミット警備での私の記憶である。

今は、彼らの世界も多くの日本の銀行が淘汰された金融再編と同じで、三大組織が幅を利かせている。人の話では、ヤクザ渡世は、江戸時代の大井川の川越人足の皆様が発祥で、雨が降ると仕事がなく博打をする。そんな人達がいつしか徒党を組むようになり、お上が、それに目をつけ、入り鉄砲、出女を防ぐために十手、捕り縄を与えた。いわゆる私設警察みたいなもので、江戸を守るために、関八州にしか存在していなかったそうである。だから、ある面では体制内に出来た組織で、そのために映画やお芝居の題材となり、今日まで存在しているのかも知れない。しかし、江戸時代と違って、今は表の警察力で十分な時代になっている。

彼らは、罪を犯す人間も多い。彼らの男気には学ぶべきものも無いわけではないが、出来るものなら、全員が堅気になって社会のために頑張ってほしいと思う。そして、ヤクザ稼業が必要でなくなるよう、中途半端な小悪党の皆様にも、しっかりと心を入れ替えてもらいたいと思う。誰しもが、裏街道ではなく、表街道を、しっかりと歩いて頂きたいと願うばかりである。

七月七日、クリントン大統領が早稲田大学で講演されるということで、女性警察官部隊は、私服で雑踏に混じっての警備となった。皇太子殿下のご成婚、そしてクリントン大統領来日と、いずれも私服で、間近に接しさせて頂ける警備であり、その点においても、今期の学生は恵まれているなと思った。ところが、早稲田大学に行ってみて驚いたのは、クリントン大統領だけではなくヒラリー夫人もいらしていたのである。早稲田大学の女子学生か警察学校の学生か、わからない状況下で、多くの学生が、お二人と握手をさせて頂いて、喜んでいる様子が昨日の事のように思い出される。

七夕は、日米友好の懸け橋であるのかとも思った。私は、この時、国士舘創設の功労者でいらした、頭山　満先生の玄洋社々員に襲われた大隈重信公の銅像を仰ぎ見ていた。

東京サミット警備が終ると、各警察署での実務修習、そして、夏の二泊三日の尾瀬周辺での野外訓練が行われた。警察ばかりでなく、お役所の行事では、お遊びと受け取られる、文字は使わない。研修とか訓練とかの名称を使うので、知らない方は大変だと思われるであろうが、こんなことを言うと、お叱りを受けるかも知れないが、内容的には、レクの要素が半分位はあるような気がする。機動隊では、横になって寝ることを「横臥待機」言い、就寝ではないのである。税金で動いている組織である以上、当然のことなのかも知れない。

そして、九月の卒業試験も終わり、北海道への卒業研修となった。同期の新井教場と一緒で、引率職員を入れて、六十八名の研修であった。札幌定山渓ホテルが一泊目で、札幌、小樽、富良野、旭川の二泊三日のコースで計画された。高校の修学旅行で九州に行って以来、東北関東甲信越を出るのは、二十七年ぶりであった。前年の男子警察官の卒業研修は、バスでの宮城、福島の東北の旅であり、男ばかりの二百名の研修だった。何せ、二百人の旅行であるので、夕食時のホテル側のコンパニオンの数も多く、私も職業柄、若いコンパニオンの中には、家出少女でもいるのではないかと思い、無意識のうちに職務質問をしてしまった、自分が可笑しかった。この、秋の東北路のバスの旅も良かったが、九月の北海道も季節的には最高だった。それに、北海道は海の幸が豊富である。引率責任者の副校長も終始ご機嫌だった。副校長は、飛行機の中でも、バスの中でも、いつも眠っておられ、私が声を掛けると、直に「あっメシか」と言われるので、大変に面白かった。車中で、お話を伺うと、昔から相当な豪傑なようで、ある方面の署長から副校長で栄転されたのですが、その際、警察大学での同期の人からは、「お前、何をやったのだ」と言われてしまったとのこと。他府県の副校長のポストとは違うと説明してもわからないそうである。

しかし、ご本人の、お話によると、昔から警視庁幹部からの評価は、いつも今一つダメだった様である。ある警察署長の時、交通死亡事故が続いたので、警視庁幹部から電話で「君のところは、随分と死亡事故が起きるね」と言われたので、「私も好きで、死亡事故があるわけではありません」と言ったら、電話をバチッと切られてしまったとのこと。又、ある会合で方面本部長と同席された際、「次は、どんな警察署が希望なのかね」と聞かれたそうで、「ええ、私は田舎育ちなので、田舎の人でもわかる、たとえば、上野とか浅草とか、そんな警察署がいいですね」と答えたら、東京の人でも良く分からない警察署だったと、大声で笑われた。そして、その続きがあって、その警察署の署長室で、ついつい午前中、地元住民との囲碁に夢中になってしまい、扉を閉めてやっていたことから、署員が、これは相当に重要な会議が開かれているのだろうと勘違いして、決裁に誰も入ってこなかったそうである。

やっと、自分で、十二時を過ぎていることに気づかれ、今更、囲碁をやっていたと言う訳にも行かなかったので、いかにも重大問題が起きたかのような、深刻な顔をして署長室の扉を開けたそうである。署員には本当に申し訳なかったとの、ご本人の弁であった。

何せ、三日間の道中であるので、副校長の漫談話は、まだ続く。交通部にいる時、全国交通安全運動期間中に、自分では運転されてはいなかったそうであるが、交通事故に巻き込まれてしまい頭部と顔面に重傷を負ってしまったそうである。翌日、目の部分を除いての包帯姿で出勤したものだから、皆、驚いてしまい、交通安全運動の話どころではなかったそうである。上司からは、そんな姿で来るなと注意を受けたそうであるが、いかなる事態が起きようと、上司は部下が、電話欠勤しないことは褒めるべきだと怒っておられたことを思い出す。

副校長は空手の有段者ではあったが、空手五段ではなかった。交通部の管理官の時、課長に連れられて、警視庁の大幹部が集まる座敷の宴席に行ったことがあるそうである。その時に課長が、「皆様、内の管理官は、空手五段ですので、是非、本日は、その技を見せて頂きましょう」と、酒の勢いで適当なことを言い出すものだから、副校長も困ってしまったそうである。言われてしまった以上、副校長も何かしなくてはとの思いから、頑丈な卓袱台だったので、その上に酒の徳利を横にして、手拭いを、徳利に被せたとのことである。そして、この徳利を空手で割ることにしたそうである。多くの警視庁の大幹部が見守る中、気合いもろともに繰り出した、副校長の手刀が、徳利を見事に割ったかと思いきや、割れたのは副校長の手で、当然ながら、割れた手からは、おびただしい血が吹き出し、あたり一面が血だらけになってしまったそうである。この時ばかりは、空手五段と言われた手前、何とも、ばつが、悪かったとのことであった。私も、これらの副校長の話には、バスの中で爆笑の連続であった。

それにしても北海道は広い。直線の道路は、どこまでも続き、大草原はラベンダーの絨毯で覆いつくされている。人間、広い世界に居ると心も広くなるもので、コセコセとしたことが嫌になる。国士舘の、「真っ黒毛の毛」で有名だった、藤井先生の伊豆、伊東にあった、初島が見える露天風呂も私の憧れだったが、この美しい大自然の中で生きるのも又、格別かなと思ったりしていた。

富良野プリンスホテルに着いてから、今度は副校長から訓授を頂いた。本当かどうかわからなかったが、副校長の叔父さんも、昔、田舎で警察署長をされていたそうで、何でも、自分の愛人を警察署で事務員として勤務させていたことが、バレ、てしまい、それが原因で警察を首になったとのこと。だから、副校長が警察官になった時、この叔父さんには、酒や金の事故には気を付けろとは言われたが、女に気を付けろとは言われなかったそうである。

いや、むしろ叔父さんは、異性の事故を注意できる立場ではなかったと、笑っておられた。「そこで、私は、女で失敗していない立場だから言えるので、渋井教官もくれぐれも、女性には注意するように」との、有難いお話しだったことを覚えている。

私はこの時、女で失敗しない証として、副校長の頬にキスをして差し上げた。副校長は、私のこの行動に驚き、「そこまでしなくていいと」いささか狼狽気味であった。これを見ていた、学生の唖然とした表情が印象的であった。

副校長との番外編は、学生を卒業してからもあった。自宅に遊びに来いと言われたので、日曜日に、お邪魔をさせて頂いた。すると「折角来てくれたのだから、この鬼塚選手サイン入りのボクシンググローブを渋井教官にプレゼントするよ」と言われる。私も急に又、何でとの思いから、「これ、どうされたのですか」と、お聞きすると、「いや、交通部に居た、四十歳頃から協栄ジムで、ボクシングを習い始め、最初は警察官の職業を隠していたのだが、ある時、名刺をジム内で落してしまい、その名刺を協栄ジムの会長に、拾われて、以来、会長が俺をすっかり気に入ってくれて、この鬼塚選手サイン入りのグローブを、くれたのだ」と言われる。グローブを見ると、鬼塚勝也のサインの他に、アルマンドと相手選手の名前がサインされている。私は、これを見て「タイトルマッチの相手の名前ですか」と副校長に聞くと、そう、タイトルマッチだと言われる。そして、タイトルマッチでは必ず、予備のグローブを用意するそうで、その予備のグローブに、二人がサインをされたとの副校長の説明であった。サイン入りのボクシンググローブと言えば、東京１２チャンネルの「何でも鑑定団」で、具志堅用高選手のサイン入りグローブが、四十万円の鑑定だったことを思い出し、これは、副校長に凄いものを頂いたと嬉しくなってしまった。

そこで、私も、この鬼塚選手のサイン入りグローブの鑑定をしてもらおうと思い、写真と説明文を添付して「何でも鑑定団」に送付はしてみたが、その後、鑑定団からは、何の音沙汰もない。

そんな、数々の楽しい記憶の中、可愛い学生達との旅は続いていた。

北海道の旅と言っても、その目的は団体研修である。だから日程、行動が規則正しいのは当然である。ホテルであっても、食事時間、入浴時間、就寝時間、起床時間は決められており学生は、警察学校内と同じ行動をする。食事が終っても、入浴が終っても、乱れたままにはせず、皆、それぞれに片付けをする。起床すれば寝具は警察学校通りの整頓をするし、部屋の清掃も行う。これでホテルを出るときは、学生全員が、ホテル従業員の皆様に対して、「どうも有難うございました」と礼を言うのだから、ホテル側は、こんなお客さんは見たことがないと目を白黒させるのである。

やがて、思い出の卒業研修も終わり、旭川から乗った旅客機が、約一時間の飛行で着陸停止したのは、宵闇の灯りがともる羽田空港の美しい青い誘導路だった。

平成五年十月五日、学生との別れの時が来た。振り返れば、四月十三日の入校式終了後、講堂裏に学生を集めて「教官について来なさい、必ず卒業させますから」と言った言葉が、いささか気恥かしい。お陰さまで、三十一名の学生を無事に卒業させることが出来、私自身が、逆に、学生に感謝したい気持ちで一杯であった。私は、学生から色々なことを問われると、「適当でいいから」とか、「いい加減でいいから」と、よく答えていた。最初は、学生諸君は、私のこの返答の仕方に戸惑っていたようであったが、卒業までには、全員が私の意図しているものを理解してくれていた。私は、入校時、三十一名の学生の顔を見て、皆、素晴らしい学生であることがわかっていた。「適当でいいから」「いい加減でいいから」と私が言って、本当に「適当」「いい加減」な学生達ではないことを信じていたから言えた言葉である。適当でなく、いい加減でない人達だから、出来る会話であり、真面目な人から、緊張やプレッシャーを取り除いてやるのも大事な教育論だと思ったからなのである。人様から指摘を受けて、本心から喜ぶ人は余程の人で、凡人には歓迎されないと思っていた方が無難である。怒ることと、叱ることは違うと言うが、捉える側では同じと思う場合も多い。そこで大切なのは、学生には、主体性、自主性を如何に持たせるかと言うことなのである。学生自らが、主体性、自主性を持って、善に向かう時、そこには、素晴らしい力が発揮され、そして、素晴らしい結果も生まれるのである。

教場訓の「随所に主となる」の私の願いも、こんなところにあったのである。もっと、自分流に解釈させて頂くと「適当」も「良い加減」もその意味するところは、肩の張らない、私自身の不良警察官に繋がる思想であり、自然を自然として捉える、無理のない、長生きの哲学なのである。限りある人生、金持ちになったとか、立身出世をしてみたところで、それで、すべて、幸せかと言えば、そうでもないはずである。そんなことよりも、あらゆることに、こだわりを持たず、与えられた運命の毎日、毎日を懸命に生きることが、幸せの近道であることを学生に教えたつもりである。

私の、学生に接する思いも、いつもここにあったような気がする。

木々が色づく頃、警察学校での最後のセレモニーである、川路広場での卒業パレードも終わり、各警察署からの迎えの車両に学生達は向かった。そして、車両の中から、次々と涙で敬礼をする、この可愛い娘達の晴れの門出を、私は、いつまでも見送っていた。

第八章　葛飾散歩

葛飾散歩

警視庁を平成十一年の三月に勧奨退職した私は、十年程、政治の世界で過ごした。

高校で生徒会活動をやり、大学でも選挙の応援は五回程、経験していた。政治が好きだったのも事実である。地元の代議士先生の秘書になったわけであるが、秘書となって、最初の頃、地元回りで、代議士の後援者の中年以上の女性の皆さんに、私はよく聞かれたことがあった。どんなことかと言えば、「渋井さんは、何で警察を辞められたのですか」と、いつも聞かれるのである。私は、説明するのも面倒だったので、その都度「実は、これで」と小指を立てて見せた。

すると、皆さん、驚くほど喜ばれるのである。そうなると、今度は当然、興味津々な感じで、「それで」と皆さん、身を乗り出されて来るのである。皆さんに、身を乗り出されてしまうと、ついつい、その期待に応えなければならない思い、あたかも本当にあったかのような作り話を、真顔でしなければならない羽目になる。

私が、よく使った作り話は、絶対に内密にして頂きたいと念を押しての、金持ちの未亡人との秘密交際話であった。絶対に秘密との念押しは、私一人に、あるいは私達二人に話してくれたとの、それが、たとえ嘘の話であっても、その話には、重みと真実味が出てくるのである。金持ちの未亡人は、とかく地位やプライドが高いので、浮気話も露見しにくく、安全な場合が多いと、私が、もっともらしく説明すると、皆さん、真剣な顔で聞くから面白い。とにかく、中年以降の女性は、他人様の、こんな話が大好きなのである。

私が失敗した原因は、複数の未亡人と交際していたことで、それが発覚して警察を辞めざるを得なくなったと、ここは一番、役者になって、皆さんが喜ぶ刺激的な話を、声を潜めてすると、中年の女性達は、辻褄が合うと思われたのか、嬉しそうに大きく頷かれていた。

ところが、葛飾区には、私のことをよく知っておられる女性も結構いらして、私が小指を立てても、「渋井さん、又、格好なんか、つけちゃって」と、嘘が見破られる場面も無いわけではなかった。それでも私自身としては、これで代議士のためには相当、票を稼いだつもりである。

それにしても、秘書になって最初の選挙であった、平成十二年の選挙は、思い出に残るものであった。代議士は自民党の現職であったにもかかわらず、最後まで公認が中々もらえなかった。最後に、やっと公認が出たと思ったら別の党の候補者が急に出てきて、その別の党の候補者のポスターを、ライバル陣営の支持者の皆さんが貼っている姿を見て、一体これは何だと思ったものである。

相手陣営の組織力の凄さにも恐れ入ったものがあった。批判文書か何かよくわからなかったが、公示日前日までに六回ほど選挙区全域に投函された。約十万世帯に僅か一時間余りで、夜間、ほとんど投函してしまうのですから、相当な人員が動かれていると判断した。

それでも代議士を勝たせねば、との一念に私は燃えていた。政治活動の終盤、ライバル陣営の公共施設での集会に潜入させて頂いたこともあった。

支持者からの急な知らせで、今日、選挙区内の某所で、候補者を励ます集いが開かれるとの内容であった。本来なら後援者を誰か探して潜入して頂きたいところであったが、時間的に探している余裕はなかった。それに入場券もなかった。私は自分で行くことを決意し夢中で入場券を探し求めた。そして、開演一時間前に、やっと一枚の入場券が手に入った。

私は、背広を脱ぎ眼鏡を外し、ジャンパーと運動靴姿に変装させてもらった。ハンカチを口に当てて、三十分前に励ます集いの一階ロビーに行くと、相手陣営の区議会の先生方が、うろうろされている。時間が早いので、一階奥の喫茶店で時間を潰そうと思ったが、それどころではない。仕方なく慌てて階段を上がり受付に向かった。

入場券を受付けに差し出すと、半券を切るかと思ったら、受付の女性は、そのまま入場券を受け取った。そして、直ぐに会場入り口付近にいた腕章を巻いた青年達が、私を会場内に案内してくれた。ところが、驚いたことに、もう開演三十分を切っていると言うのに、会場内には、聴衆が三十名位しかいない。少ないから当然、前の方の五列中央の席に案内されてしまった。内心、こんな場所では冗談じゃないと思ったが、案内されてしまった以上どうすることも出来ない。黙って、ハンカチで口を押さえて座っていると、一人の中年の男性が近づいてきた。そして、「渋井さん、よく来たね」との声がする。誰かと思い顔を上げると、相手陣営の後援会幹部であった。私は、「しまった」これで、この会場から、撮み出されるなと思ったら、意外にも、その後援会幹部は、「渋井さん、折角いらしたのだから最後まで見ていって下さいよ」と言われるのである。私は、思わず、恐れ入りましたとの心境になってしまった。ここで、ズボン、ポケットの録音テープが気になったが、持ち物の確認をされなかったのでホッとした。しかし、私の存在は会場の係員の皆さんには、直ぐに連絡をされていた。前後、左右、二階、すべての係員の視線が、私にあることがわかった。時刻は、開演時間の五分前であった。何気なく後ろを振り返ると、二十分程前には、三十名位しかいなかった聴衆が、会場に、びっしり座っている。更に驚いたのは空席がなく立っている人がいないと言うことであった。おそらく、これは椅子の分しか入場券は配られていないと推察した。そして、これも初めての体験であったが、演壇で弁士が何か、盛り上がることを言う度に、聴衆が全員立ち上がって右腕の拳を上げて一斉にコールするのである。

私だけ、やらないわけには行かなかったので、一緒に何度も立ち上がった。隣の席には、年配の男性がいらしたが、その人が、さかんに私に代議士の悪評を話しかけてくる。私が、「ああ、そう、なんですか」と気のない相槌を打つと、それが、どうも気に障るらしく「あんた、そんなことも知らないの」と語気を強めてきた。

来賓の弁士の皆様も、当然に次々と代議士批判を展開されていたが、流石に、相手候補者からは、私の存在が伝えられているのか、代議士に対する批判演説は、一切なかった。

そして、時間通りに集いは終演した。私は、正面受付を通ると、顔を知っている人が居ると思い、横の通路を出て帰ることに決めた。まずは、見つかることはあるまいと思ったのが誤りで、終始、私の動きを見ていらしたのか、通路の外には、先ほどの後援会幹部が立っていた。そして、「渋井さん、どうでした」と声を掛けてきたので、「いいお話を聞かせて頂きました」と、礼を言うしかなかった。通路の先のロビーの出入り口付近を見ると、相手候補者が、帰りの支持者達と、さかんに握手している姿が目に入った。これでは、候補者を避けて、外へ出ることは不可能であった。皆さん、盛んに、候補者に頑張って下さいと、声を掛けておられる。私だけ、握手もせずに帰る状況ではなかった。

やがて、私は相手候補者と握手をしなければならない順番になってしまった。私の顔は、今まで、あちこちの会場や会合で出会っている関係上、相手候補者も知っておられるわけで、私が、ここで、前に立っただけで、少し驚かれている様子ではあったが、そこは相手候補者も中々の方で、「どうか頑張って下さい」と、私が握手を求めると、「ありがとうございます」と、私に応えてくれた。自分でも信じられない、不思議な感じではあったが、これも、よく考えれば、不良警察官ならではの光景ではなかったかと思う。

選挙と言えども、勝負の世界とは厳しいもので、相手を負かさない限り勝者とはなれないのである。しかし、そこにも、やはり正々堂々の精神のルールが有る様に思う。まさか、敵対候補の秘書が潜入してくるとは、とても考えられない話だったのではなかろうか。私の立場を思い図って、それが「渋井さん、よく来たね」の言葉で、表わされており、そこまでやるのか、との気持ちが、私を見逃してくれたことに繋がったのではと、思っている。この後援会幹部の心には、今でも感謝している。

そんな代議士秘書としての、思い出の中、今日は日曜日であったので、朝から一日かけて、葛飾の街を一人で歩くことにした。

自宅から三百メートル歩くと江戸川堤に出る。土手の右手は、小岩菖蒲園から善養寺、そして篠崎水門へと続く。左手は矢切りの渡しから柴又帝釈天、そして松戸へと続く散歩道である。

五日前に、小雨ではあったが、柴又で花火大会があった。子供の頃から見ている花火大会である。亀有警察署に配置となって、初めての花火大会の警備についた時には、又、別の感慨があった。それまでは何も気にも留めずに漫然と花火を見ていたのに、雑踏警備と言うことで、安全に花火大会を推進する方に回ったからである。花火大会で花火を見ずに、人様の顔ばかりを見るようになったのは、亀有警察署での、この警備が最初であった。

そして、土手の反対側を降りると、柴又帝釈天、ここは、やはり初詣警備である。日蓮宗の題経寺から、帝釈天の板本尊が庚申の日に発見され、寅さん映画が出る前は、六十日に一度、人が多く出る程度であった。もし、山田洋次監督が、候補地であった西新井大師に場所を設定されていたら、柴又は昔のままだったはずである。これも又、不思議なご縁であったと思う。

初詣警備の帝釈天の除夜の鐘には、当時から王選手が来られていた。何でも王選手は、双子として生まれたそうであるが、身体が弱く、お母さんが元気になるようにと、押上から帝釈天に願掛けに来られていたそうである。そして、双子だった、お姉さんが、一歳三か月で亡くなってしまうと、王選手は、みるみる丈夫な子供として育ったとのこと。以来、お姉さんが身代りに、との思いと、お母さんの真心に感謝して、今でも欠かさず、帝釈天の除夜の鐘を突きに来られるそうです。

参道を抜けて柴又街道に出た。そして、金町を目指して歩き出した。金町浄水場を右手に見ながら十五分位、歩いただろうか。今では、金町も高層マンションが建ち並び、随分と綺麗になったものである。金町は今でも、南口と北口に交番がある。私が、本官だった頃は勿論派出所である。昔から、世界で派出所制度のあったのは、日本だけで、治安の原点は派出所制度にあると知った諸国で、発音しやすい交番にしたために、逆輸入として明治時代の交番の名が復活したものと思われる。当時、金町駅北口には、昭和五十二年に一緒に配置となった高倉部長が居た。彼も中々の豪傑で、亀有の家族慰安会でも、共に出演した仲で、オカマ発言の時でも、私の隣に座っていた人物である。第二当番の十月一日の衣替えの日に、合服のズボンを忘れてしまい、上着は合服で、下は夏ズボンで勤務した優秀な人であった。身長が百八十センチ以上あったので、同僚のズボンでは合うのも、なかったのである。

係長が巡視に来て、それを指摘されると、「忘れてしまったのですよ、このズボンを脱いで、ステテコで立番してもいいのなら脱ぎますが」と答えたのである。係長は、「あまり、明るいところには居ないように」で帰ってしまった。私も、舌を巻くような人だったが仕事は凄かった。とにかく覚せい剤所持の現行犯を、よく捕まえたのである。目の付けどころは外車であった。一人で警ら中に、高級外車を呼び止め、交通違反だとか、整備不良だとか言っては、暴力団員風の男達を呼び止め、金町北口派出所に連れて来るのである。そこからが大変である。任意もへったくれもあったものではない。覚せい剤を必ず持っているとの自信からか、男を裸にしてしまうのである。そして、車の中も徹底的に調べる。

すると面白いように必ず、覚せい剤が出てきたのである。今の時代は、被害者意識も強く、高度な蓋然性としての、覚せい剤が出てきたから良かったようなものの、裸にして覚せい剤が出てこなかった場合のことを考えると、高倉部長のような、職務質問や所持品検査は中々難しいと思った。

フト、北口駅前広場の時計を見ると時刻は、午前十時を指していた。少し喉が渇いて来たのでお茶を飲むことにした。どこにしようと考えたが金町駅南口にあるレストラン「二葉」にした。ここは、亀有警友会の総会や新年会で利用させてもらっている美味しい店である。手頃な宴会場があるので便利である。小岩警友会は、西小岩の「ニューオークラ」を利用している。ニューオークラも、和洋中、どれも美味しくて素晴らしい。其々に甲乙つけ難いと言ったところか。普通なら、生ビールを飲みたいところであったが、私は、お酒はあまり強くない。そこで、暑かったので、かき氷を頼んだ。

一息ついたところで店を出た。亀有警察署管内ばかりではどうかと思い、葛飾警察署管内の青戸、立石方面に行くことにした。国道六号線、水戸街道を上り、青戸の交番が見えたところで亀有新道を左に曲がった、途中、「葛飾テクノプラザ」に立ち寄ろうかと思ったが、時間的な関係で、又の機会にすることにした。金町からは五十分程、歩いたであろうか。

そこで、次は青砥駅から五分位の所に「葛飾シンフォニーヒルズ」があるので立ち寄ることとした。

ここは、葛飾区最大の施設で、二千人収容可能なコンサートホールがある。集会や歌謡ショーなどを行うには、まさに最適な場所である。施設内は、又、いくつもの部屋があり絵画や書道の展覧会なども頻繁に行われている。私は、自分では書くことは出来なかったが、鑑賞することは大変好きであった。昭和四十九年に「モナリザ」が東京国立博物館に来たので、見に行ったことがあったが、余りの人の多さに、チラッと見ただけで終わってしまった。そして、昭和五十五年に、ぶらりと有楽町の、そごうデパートに行った時、絵画を販売していた。何気なく眺めていると、全体的には、緑の色彩で、城と森の中に、白馬を描いている、「午后」と言う題名の富谷　一明先生の作品が気に行ったので買い求めた。この絵は今でも自宅の部屋に大事に飾ってある。そんな記憶の鑑賞に耽っていると、時刻は、すでに十二時を過ぎていた。お昼の時間である。亀有警友会が、レストラン「二葉」なら、葛飾警友会が、総会で利用しているのが、この「葛飾シンフォニーヒルズ」別館五階の「レインボー」の部屋である。別館三階には「ヒルズレストラン」があるので、ここで昼食を取ることにした。ここのバイキングも最高である。何しろ食べ放題、飲み放題で、土日の料金が、一人、千二百円なのである。平日に至っては、九百円と言うのだから驚きである。種類も多いので目移りがしてしまう。適当に見繕って飲み食いしたら、直に満腹になってしまった。最後にフルーツとコーヒーを頂いて、ヒルズレストランを後にした。

さぁ、今度はどっちだと、自分に尋ねてみると、やはり最後は亀有だろうとの声がする。時計の針は、午後二時を回っていた。立石から亀有までの道程、結構距離はある。およそ四キロか、急がねばなるまい。そこで又、亀有新道を直進することにした。青砥の駅からこの道は、三年間、高校へ通った道である。高校生の足でも学校まで二十分はかかる。亀有の駅は、この高校から更に二十分はかかる。だから、青砥駅までの五分を入れると、四十五分は覚悟せねばなるまい。高校の頃は、よく青砥駅から割り勘で、百円位、出し合ってタクシーで通ったものである。学生服で見た、今は無き、青砥名画座も懐かしい。そんな思いで、亀有新道を歩いて亀有に向かった。

亀有駅周辺には、両さんの銅像が沢山ある。北口には、両さんの制服の銅像、南口には、両さんのカラーと、お祭り姿の銅像、そして、昔の亀有銀座通りの中程に、両さんの子供の頃の銅像がある。全部で十五も銅像があるのだから、両さん人気の凄さが、よくわかる。

そこで、最初に、北口の両さんの銅像に行くことにした。銅像の前では、日曜日のためか多くの人達が記念撮影をしていた。私も久しぶりに、折角来たのだからと思い、中学生位の女の子が二人いたので、両さんと一緒に、女の子に写真を撮ってもらった。

両さんの左斜め後ろには、亀有駅北口の交番がある。この交番の後ろには亀有公園があるが、この交番が、亀有公園前派出所のモデルとも言われている。昔、西川部長が三名体制で勤務していた派出所である。交番を見ると、現在、パトロール中と掲示され、お巡りさんは不在であった。警察官の人員が足りない面があるのだろうが、空き交番を無くすのも大変なことである。

北口駅前の周辺を見ると「カラット」と言うパチンコ店が目についたので、店に入って見た。昭和五十年に捜査講習を受けていた頃、指導の部長刑事と一緒に張り込みでパチンコをやったのも、確か、この辺の場所にあった、パチンコ店だった。

私が初めてパチンコをしたのは、昭和四十二年の大学一年生の時である。当時は、まだ立ってやるパチンコで、新宿で百円買ってやったのを覚えている。その当時と比べると、パチンコ店も、近代的で綺麗になったものである。当時、若い女の子なんか居なかったのに、従業員も制服を着ている若い女の子だし、お客にも若い女性の姿も見える。おまけにパチンコをしている客に、コーヒーの注文まで取りに来る。音楽も「軍艦マーチ」は、もう流れていない。お客の数も日曜日の午後なので満席に近い状態である。玉が出ている人も随分といるので、地元では、結構人気のあるパチンコ店なのであろう。庶民の娯楽としてのパチンコである限り、たとえカジノが出来てもパチンコ店は無くならないはずである。パチンコは、庶民のささやかな娯楽ではあるが、あまり熱くならないことが、やはり大切なことだと思う。そんな思いが「カラット」の店内でフト私の脳裏を横切った。「カラット」を出た私は、亀有駅南口に向かった。両さんの、カラーの銅像と、お祭り姿の銅像を見に行くためである。行ってみると、そこには、カラフルと勇壮な両さんの姿があった。

そして南口には又、「リリオホール」がある。「リリオホール」では、年に一度、亀有商店組合主催のカラオケ大会が開かれている。事務局を担当されているのが、カラオケ洋食店「小千谷」の、御主人である。ここの、味噌カツは絶品である。私も一度、この「小千谷」の奥さんに勧められて、カラオケ大会に出場したことがあった。その会は、二月一日にあったので、季節に因んで、「梅と兵隊」を歌わせてもらった。ステージ衣装代だけで、十万円位かかったことを記憶している。この時も、亀有警察署の家族慰安会当時の心境と、少しも変わっていない自分が、そこにあることに気づいていた。

それから、亀有駅南口の両さんを後にして、ゆうロード、商店街にある、子供の頃の、両さん銅像の見学に向かった。その銅像は、両さんを含めて三人の子供で造られていて、丁度商店街の中間地点にあった。銅像の前は亀有郵便局、そしてその隣にＩＴの先生の事務所があった。この建物の一階はブティックで二階に事務所がある。先生が、きっと、この事務所に居られると思い、勝手に上がりこんだ。事務所の中には、数多くの最新型のパソコン機器が置かれ先生は、これを自由自在に駆使されて、お仕事をされていた。

何を隠そう、私も、このＩＴの先生にパソコンを教わっていたのである。先生は、パソコンばかりでなく語学にも堪能で、ヨーロッパなどにも頻繁に旅行され、私は、先生の所へ遊びに行く度に、旅行先の写真などを、いつも見せて頂いていた。外国にあまり行ったことのない、私は、先生の話に随分と異国情緒を楽しませてもらったものである。

この事務所に二十分位居ると、時計の針は午後五時をすでに過ぎていた。ゆうロード、は、昔は、亀有銀座通りと言われていたが、道幅は少し狭くなったものの、両側の商店は以前と変わっていなかった。「伊勢屋」と言う和菓子屋さんがあり、ここの「両さん、ドラ焼き」は、美味しいので有名だった。一つ買って、頰張りながら、ゆうロード、を歩いていると、「一直時計店」の社長が外へ出て来られた。与太郎警察官だった頃、この時計屋さんで、結婚指輪を買ったことが懐かしく思い出された。自分では、金使いが荒いとは思ってはいなかったが、どうも子供の時からお金に縁がないのが、私だった。三十万円しか貯まっていない財形貯蓄を解約して、一直時計店の社長に、定価三十万円の指輪を二十二万円に負けてもらい買うことが出来たのである。

私の、妻は嬉しいことに、この指輪を今でも大事に持っているようである。

一直時計店の前に「レモン」と言う喫茶店があった。制服姿で、よく出入りした覚えがある。制服でけん銃をつけて、喫茶店でコーヒーを飲んだりして、今振り返ると、よく苦情が来なかったなぁと、自分でも感心する。それだけ街の皆様が、私を良く理解してくれていたのかも知れない。本当に良き時代であったと思う。

以前は、喫茶店が沢山あったのに、これも時代の流れなのか、随分と少なくなったものである。余裕が無いと言うか、落ち着いて考える暇が無いと言うか、とにかく世の中が世知辛い。だから自殺者も増えるはずであると思う。コーヒー一杯が、百五十円で飲める時代、四百円出して飲む人が、少なくなってしまったから、喫茶店も数も減ってしまったのであろう。しかし、これでは若者が夢を語る場所がない。ファミリーレストランも確かに良いが、夢を語る雰囲気には、とてもなれない。やはり静かな音楽が流れていて、洒落た絵や花が飾ってある、喫茶店でなければ、夢や希望や文学は語れないのではなかろうか。

以前あった喫茶店「レモン」の前で、私は、そんなことを考えていた。

そして左斜め前を見ると、うなぎ「川亀」がある。ポール牧さん、日吉ミミさんとの思い出が蘇る。指パッチンの、ポール牧さん、歌の日吉ミミさんが亡くなってしまって寂しい限りだが、日本テレビの「スターマル秘訪問」の一件では、責任は私が取るとのポールさんの一言は、冗談にしても嬉しかった。責任を取らない卑怯者が横行している世の中でまさに清涼剤を飲んだように、胸がスカッとしたことを覚えている。そのポールさんの、心意気に打たれて、日吉ミミさんと、デュエットしたことには、今でも、良かったと思っている。

そして、この、うなぎの「川亀」さん。四日に一度、五人前の、うなぎを一年間、差し入れて頂いたことに感謝して、今日は、九百八十円の、うなぎを三串買うことにした。当時は若旦那だった、ご主人の姿が見えなかったので、ご挨拶が出来なかったが、心の中で、「有難うございました」と手を合わせた。

亀有の街も、そろそろ夕闇が迫っていた。九十年の母の人生の終着点であった、東部地域病院の灯りが見える。この病院は、昔は草むらで、病院前の路上で、亀有駅北口の西川部長と一緒にやった、夜間の車両検問を思い出した。入浴券のソープランドも昔のままで懐かしい。その前の細い道を通って、再び亀有駅北口に出た。両さんは、変わらずに、サンダルを履き、右手を挙げて立っていた。

考えてみれば、決して、両さんの真似をして送った警察人生ではなかったが、もしかしたら、心の片隅には、両さんに対する憧れのようなものが、私にはあったのかも知れない。それは、民主警察などと大上段に振りかざしたものではなく、警察官として、無意識の内にも、「一木一草にも」との思いが溢れる、すべての皆様への、あるがままの真心ではなかったかと思う。

両さんにも、きっと、この真心があるのでしょう。

だからこそ、国民に好かれ、漫画も続くのである。


亀有公園前派出所ではなく、その隣の亀有駅の派出所に勤務した私ではあったが、両さんが、売り出し中の頃に、一緒に亀有警察署で勤務出来たことを今でも、誇りに思っている。

私が口癖だった、「適当に」「いい加減に」の、この言葉の奥にある優しさを、皆様にも、よく理解して頂き、このあるがままの真心を糧として、どうか誰もが強く生きてほしい。

そして、暗く悲しい自殺など、誰もがしない明るい社会を、一刻も早く実現したいものである。

それまでは私も、たとえ警察は退職しても「痛快　不良警察官」だけは辞めるわけにはいかない。

この物語はフィクションが含まれています。

まえがき

「痛快不良警察官」を書こうと思ったことに特段、深い意味があるわけではない。

意味があるとすれば、自殺者が増え続ける、この暗い世相を、「痛快不良警察官」で、笑い飛ばしたかったからである。不良と言うと、何だか、世間から嫌がられ、犯罪の匂いがして、イメージの悪さが先に立つが、私が言う不良警察官と言うのは、価値の尺度を自己の保身や、地位や名誉や金で計るのではなく、自分が良かれと信じて、思うままに生きた、平凡な警察人生を意味しているのです。

ですから人様から見れば、そこには、無愛想で、いささか生意気な横紙破りの、まさに不良と表現しても可笑しくない私が居たはずです。その私の警察官としての思い出ですから、あえて「痛快 不良警察官」とさせて頂いた次第です。

型破りのお巡りさんと言えば、亀有公園前派出所の両津巡査長ですが、私が、亀有駅派出所に勤務していた頃、亀有公園前派出所の両さんは、すでに有名人でした。

亀有警察署に着任する、一年前の昭和五十一年に亀有公園前派出所に、両津巡査長は、すでに勤務されていました。と言うことは、両さんは、亀有警察署では、私の一年先輩になると言うことです。

警察を物語の題材とする場合は、やはり事件物が、その中心ではあるが、刑事ドラマではなくて、笑いを売り物として成功したのは、この少年ジャンプで登場された、亀有公園前派出所位ではないでしょうか。国民的漫画として不動の地位を築かれたことには、大いに敬意を表したいと思います。

当時、私は二十八歳、作者の秋本 治先生も二十四歳の新進気鋭の漫画家でした。地元の先生でもあり、地名も街並もリアルで、漫画とは思えない臨場感が初めからありました。葛飾区を背景としたものでは、寅さんと並ぶスーパースターが両さんだと思います。

そこで、元本官の私としては、両さんにも負けない、漫画ではなく実際の不良警官であった頃の思い出を紹介させて頂くことにしました。この笑いの思い出で、世の闇を明るくしてもらいたいと思っています。

では、この世の闇とは何かと言えば、それは、年間三万人を超える自殺である。特に、若者の自殺が急増しています。自殺と言えば、倒産による自殺か、病気を苦にしての自殺が定番であったと思われますが、今の時代は、そればかりではなく生活苦、失業、あるいは就職することが出来ないための三十代の若年層の自殺が目につきます。これは信じられないことです。非正規雇用やアルバイトが通用する年齢は、二十代までで、三十代になると非正規雇用やアルバイトの年齢からはみ出してしまい、その不安定な職すらなくなってしまうと言います。三十代で将来の夢どころか、食べることすらままならない時代が、現実として、この社会には存在しています。真面目な若者は、すべての不安から解消されたい一心で、精神的に思い悩む。そして、その一瞬の気の迷いが自殺となって表れる。こんな悲しいことがあっていいはずがありません。そして更なる追い打ちが、強烈なこの少子高齢化社会です。経済的追い込まれた若者達に、親の介護をするだけの余力があろうはずがない。つい思い余って親の首を涙ながらに絞めることになります。こんな世の中で、何が経済大国か聞いてあきれる。もはや一刻の猶予もないほどに若者達は、すべての逃げ場を失ってしまっているとの感があります。しかし、だからと言って手をこまねいてばかりはいられません。

だから私は、視点を少し変えてみました。日本の指導者達に頑張ってもらうことは当然としても、国民は貧しさや苦しさの基準を日本経済全盛期に合わせるのではなくして、戦中、戦後に合わせてみると、今の時代が、本当に思い悩んで自殺までする時代なのかどうかが見えてきます。食うや食わずの時代を知らない若者が成長して苦しい時代に直面したとき、苦しさの免疫を持たない若者の精神状態がどうなるかは火を見るより明らかです。挫折を知らない人が挫折を味わった時の、そのショックは計り知れないものがあると思います。

こんなことを言うと叱られるかも知れないが、私の親、兄姉を見ても昔の人は強かったです。私は七人兄弟の末っ子だが、戦中戦後の生活は本当に大変だったと思います。東京大空襲で住むところも失い、七人の子供を抱えた両親の苦労を察すると今でも胸が痛くなる。空腹になると一歩も歩けなくなると、すでに亡くなってしまった長兄の言葉が今でも耳に残っています。でも、そんな苦しい時代であっても、家族の誰一人として自殺など考えたことはなかったそうです。このたくましさが、残念ながら今の若者には少ない。苦しい辛いが当たり前となると人間には嫌でも強さが生まれてくるのです。いわゆる強い免疫力であす。日本の若者は今こそ、この免疫力をつける絶好のチャンスなのです。ホームレスの皆様を奨励するわけではありませんが、あのビニール袋の大量の缶を自転車で運んでいる姿を見るにつけ、そのたくましさに尊敬の念さえ覚えます。

人間死んではいけません。死んで花実が咲いたなら、お墓の周りは花だらけになっていなければならないはずです。しかし、お墓は所詮、お墓です。自分で希望しなくても時が来れば神仏が、お迎えに来られます。それまでは、明るく強く生きなければなりません。肩を張らずにケセラセラの精神で楽しく生きて行こうではありませんか。地獄の閻魔様も大爆笑、そんな自殺など考えられない世界に憧れて、私の若い頃と、警察でのエピソードを「痛快　不良警察官」と題して、この本を書いてみました。

どうかこの本で暗い世相に負けることなく、元気を出して頂きたいと思います。

しぶい　はるお

しぶい　はるお（渋井 治雄）
昭和24年1月1日生まれ。東京都出身。国士館大学 政経学部政治学科卒業。
葛飾警友会 会長（元警視庁警部）。代議士秘書を経て、現在評論家。
著書に『黒い桜』、『父母を介護の三十年』、『パンドラの花』

Design by hirosuke
〈提供　ロラーナ〉

痛快　不良警察官

2017年1月1日　初版第1刷発行

著　　者……しぶい はるお

監修・構成……柳　けんじ

代 理 店……株式会社ピープル
〒116-0003
東京都荒川区南千住8-8-1
電話 03-5615-6566

発 行 所……株式会社三光出版社
〒223-0064
神奈川県横浜市港北区下田町4-1-8-102
電話 045-564-1151　FAX 045-564-1520

制作・印刷……株式会社信英堂